JN056221

悪徳領主の息子
オーウェン・ペッパー
憧れの公爵令嬢
ナタリー・アルデラート
クーデレ聖女
ファーレン・アントネリ

担任は【氷結の悪魔】
クリス・クリフォード
心優しき家庭教師
カザリーナ

悪徳領主の息子に転生!?

～楽しく魔法を学んでいたら、汚名を返上してました～

米津

ぶんか社

C O N T E N T S

第一幕

「あれ……？　何かがおかしい……」

俺は目を覚ますと自分の体に違和感を覚えた。

――8歳の子供の体。

ぶよぶよに太った腹や二の腕は、見慣れている。そこになんら違和感はないはずだが……。うーん……でもやっぱりおかしいよな。

「そもそも俺って誰だ？」

自分が何者か――そういう小難しいことを考えたいわけじゃない。単純に自分が誰かわからない。

記憶喪失ではない。むしろ、記憶があって困っている。

え、どういうことって？　俺もよくわからん。ただ、間違いなく俺はオーウェン・ペッパーだ。

それは、間違いないはずなんだが……。

俺が今寝転がっているのは、無駄に装飾された高級そうなベッドだ。そして、壁にかけられているのは趣味の悪い絵画。変な化け物に人が食べられている、なんとも気味の悪い絵。

こんな趣味は俺にはない。

ほんとに……何がなんだか……頭がパンクしそうだ。

俺はペッパー領を治める領主、ブラック・ペッパーの一人息子だ。

おいおい、ブラック・ペッパーって黒コショウじゃん。誰だよ、そんな名前にしたのは？　完全にネタキャラじゃん。

ん……ちょっと待て？　さっきから、何かおかしいぞ。

そもそも……なぜ、俺は父上のことを馬鹿にしているんだ？

確かに、父上はデブでくそで領民のことを家畜としか見ていないゴミ野郎だが、今まではそんな彼のことを尊敬していた。

どこに尊敬するポイントがあるかはわからんが、なぜかあの姿こそ本当の貴族だと思っていた。

「俺は本当にオーウェンか？」

――いいや、違う！

俺は佐々木裕太。21世紀の日本でサラリーマンをやっていた日本人だ。それを自覚した瞬間、オーウェンが知らないはずの記憶が大量に流れ込んできた。

そこで、プツンと意識が途切れた。

再び目を覚ましたときには、少しだけ頭の中の整理ができていた。

まず、現在（いま）の俺の名はオーウェン・ペッパー。体はオーウェン・ペッパーで、精神は佐々木といった感じだ。

おそらく、精神としてより強力な方――つまり、佐々木の精神が勝ったということだろう。ただしオーウェンの記憶は知識として残っている。

オーウェンよ……人格を取ってしまって、すまん。まあオーウェン・ペッパーはゴミ野郎だったし、かえって良かったのかもしれない。

料理が口に合わないという理由で、料理人をすぐに解雇する。特に理由もないのに、気に入らないと言って使用人に暴力をふるう。平民のことを本気で家畜だと思っている選民思想の持ち主だった。

うん、まさにゴミ野郎だな。

ただし、オーウェンがそんな性格になった理由がわからないでもない。

それは両親のせいでもある。

「領民とはな――搾取されるためにいる！　それが彼らの務めだ」

「そうね。むしろ、私たちの土地に住まわせてあげているのだから、感謝して欲しいわ」

脂ぎった額に気色悪い笑みを浮かべるのが、父であるブラック・ペッパー。

それに続いたのが、母のアイシャ・ペッパーだ。

生まれたときから、くずな両親のもとで教育を受けていたオーウェンは、当然のように領民を家畜だと思って育った。今はそんな彼らと食事をしている。

一家団欒？

そんなにいいものではない。両親の顔を見ながら、ひっそりとため息をつく。彼らはくちゃくちゃ音を立てながら、料理を口に運んでいる。その姿は……言ってはなんだが豚だ……。

おそらく、2人とも体重が100キロを超えているだろう。――という俺も人のことは馬鹿にできない体型だ。早めに痩せないといかんよな。

「どうした？　オーウェンよ。食べないのか？」

父はそう言うが、目の前に置かれているのは脂っこいもののオンパレード。彼らの食べる姿を見ていると……うへーっとなって食欲が失せる。

前世の自分が1日で食べていた何倍もの量が置かれている。普段からこれだけ食べていたら……

当然太るよな。

「い、いいえ。父上。今日はお腹の調子が良くないので……」

そう言いながら俺は肉を口に入れる。

うーん……。一口目は美味しいんだけどな。

ただ、ずっと食べていると同じ味付けに飽きてくる。

「どこか具合が悪いの？　オーウェンちゃん」

そう言って気にかけた素振りを見せるのが、アイシャだ。だが、彼女は一切こちらを見ておらず、目の前の料理にご執心(しゅうしん)だ。

「……ちょっと料理が口に合わないので」

「そうか。では料理長をクビにしよう。おい、お前、今日から用はない。出ていけ」

傍(そば)で控えていた料理長がビクッと震えるのが見えた。

おーい、ちょいと待てぇやぁ。そういうことじゃないんだよ！　単純に脂っこいものをこんなに食べれないってことだよ。

「待ってください。この料理に問題はありません。……ただ、本当にお腹の調子が悪くて……。だから彼を解雇しないでください！」

俺がそう言うと、料理長は驚いた表情でこちらを見る。

なんで、そこで驚く？

当たり前のことを言ったまでだ。むしろ、こんなことでポンポン解雇する方がどうかしている。

次の料理長を見つけるのだって大変だろうし。

「うむ、そうか。まあ、お前が言うのなら解雇しないでおこう。おい料理長！　今度、まずい飯を食わせたらすぐに辞めさせるからな！」

「はっ、はい、承知しました！」

料理長は震えながら、深く頭を下げた。

ふー、よかったぜ。ていうか、不用心に発言するもんじゃないな。……特にこの両親の前では。

まさか、この程度のことで解雇騒ぎになるとは思わなかった。労働基準法はどうなっている！

当然、そんなものはないよな。

食事を済ませると、俺は料理長のもとに向かった。そういえば、料理長の名前ってなんだっけ？

まあ、料理長でいっか。

「あの！　料理長さん」

俺が声をかけると、彼はまたビクッと肩を揺らす。

怖がられているな。……それもそうか。

今まで、彼に何度も無理難題を押し付けてきた。

夜中、突然目が覚めたかと思いきや「ケーキを作れ！　でなければ父上に頼んで解雇してやる！」と言うようなくそガキだったのだ。

「な、なんでしょうか……？」

「えっと、ですね。今度から僕の料理だけ量を減らしてもらえませんか？」

「量をですか？　それはどうして……。あっ、いえ、なんでもございません」

料理長はすぐに頭を下げた。そんなに畏(かしこ)まられると反応に困るな。

「少し痩せようかと思いまして。あ、それと料理はできるだけヘルシーなものでお願いします」

なんだかんだ言って、この体ではたくさん食べてしまう。さっきの料理も、気持ち悪いと言いながらかなりの量を摂取していた。このままでは、ブヒブヒと鳴く豚になる。

出される量を減らしてもらい、さらにヘルシーな料理に変えてもらおう。それだけでダイエットになる……気がする。

痩せるためには、痩せられる環境を整えるのが一番だね！

「そ、そうですか。……承知しました」

「ありがとうございます」

畏まる料理長に対し、ペコリと頭を下げてその場を去った。

人はなぜ太るか？

それは食事と運動のバランスが取れていないからだ。まあ、運動しても太る人はいるけどね。

オーウェンに関して言えば、暴飲暴食(ぼういんぼうしょく)を重ねたうえ、ろくに動きもしなかったのが原因だ。

そりゃあ、太るわ。見ろよ、俺のこの体。……どこを触ってもぶよぶよだ。

サラリーマン時代のお腹の脂肪も気になったが、これはそれよりも酷(ひど)い。お腹はもちろんのこと、首元の肉も二重顎(あご)どころか三重顎を作っている。

そして、自分の胸を触ってみる。ん……？　この感触はBカップ？　おう……こんなんで胸の感触を知りたくなかった……。

このままでは豚になる未来しかない。いや、すでに豚というべきか。子豚だ。

ブヒブヒ……なんちゃって？

これは運動して痩せるしかないな。それに11歳になると学園に入学することになるらしい。それまでに多少は見られてもいい体にしておかなければ……。

——キャー、何あの豚。気持ち悪いんですけど！

そう言われる未来が想像つく。さすがに若い子にそんなことを言われたら……傷つく。

「よっしゃ、やりますか！」

俺は屋敷内にある庭で準備体操を始めた。ていうか、この屋敷広いな。貴族の——それも伯爵家の屋敷だから当然といえば当然か。

少し体操をしただけで、すぐに汗が吹き出してきた。気温としてはそこまで暑いわけではないのに、汗が止まらない。額に伝わる汗を何度も手で拭う。

そうして、一通り準備体操を終えたあと、庭の中を走り出したわけだが、

「えっほい、え、っほい……ごほっ。ごほっ……ぶほっ、ぶほっほほほ」

な……なんなんだ、こいつ……。いや、俺のことなんだけども。

ちょっと体を動かしただけで豚のような声が漏れた。そして、息が苦しい。さすがにこのレベルで体が重いとは想定していなかったな。

「ぜぇ、ぜぇ……ごぉ……」

膝(ひざ)に手をつき、ちょっと休憩。

「す……すみません。……セバスさん。タ、タオル……取ってもらって……いいですか？」

汗でびしょびしょに濡れた自分の体に不快感を覚える。

「かしこまりました」

セバスは俺に仕えてくれている老年の執事だ。白い髪をオールバックにし、背筋をきちっと伸ばし立っている。

この人、できるな……！

まあ、俺じゃなくても、彼が有能だとわかるだろう。セバスは昔、父に仕えていたらしいが、

「うるさい！　だまれ！　お前の話など聞きたくないわ！」

と言われてから、俺に仕えるようになった。ちなみに父はセバスを解雇できない。先代の領主――つまり、俺のじいちゃんが、

「セバスは何があっても解雇してはならん！」

と言ったからだそうだ。何気に正式な書面まで用意されているらしい。昔、父がそのことを愚痴っていた。

……確かに、セバスは口うるさい。

他の使用人が、オーウェンを恐れて言えないことも彼は容赦なく言ってくる。そのほとんどが的を射た忠言なのだが、オーウェンは聞く耳をもたなかった。セバスの今までの苦労を考えると、申し訳なくなる。俺はそんなセバスをちらっと見る。

「いいダイエット方法を知りませんか？」

汗を拭き呼吸を整えたあと、セバスに尋ねた。

ちなみに前世の記憶を取り戻す前は、もっと尊大な話し方をしていた。今と同じ内容でも「おい、セバス。良い運動の仕方を教えろ！」になるのだ。

そんなことを素面で言えるはずもなく……。今は普通に敬語を使って話している。

口調を変えたことを誰かに指摘されると思ったが、今のところ何も言われない。下手に俺に関わると、ろくなことにならないと思われ、使用人たちに避けられているのだろう。

「よいダイエットですか……？」

「体をあまり動かさずに痩せられるものがいいのですが……」

少し動いただけで息が切れるようでは、長続きしない気がする。人って楽な方に逃げたがるからな。できれば楽して痩せたい。

この発言を世の中のダイエットマンが聞けば、「そんな甘いものはない！」と一蹴（いっしゅう）するだろう。

「魔法の練習はいかがですか？　魔法はエネルギーを使う分、ダイエットには最適かと思われます」

ま、ま、ま、魔法だと!?

この世界に魔法があることは知っている。だが、オーウェンはそれを面倒だと言って、一切やってこなかった。なんてやつだ。もったいない！

魔法は男のロマンだろうが。

「どうすれば魔法が使えますか？」

「私は魔法が扱えません。ですので、専門の教師をお呼びしましょうか？」

「はい！　お願いします」

これで、俺も魔法が使えるようになるのか。楽しみだ。ダイエットができて魔法の練習もできるなんて、一石二鳥（いっせきにちょう）だな。

一汗かいた後、俺は食事をとることにした。昼食は、ふんわり焼けたパン。それと、野菜がたくさん入っているコンソメスープだ。

　さらに、皿の上には少量の肉が盛られている。――こういうバランスの取れた食事が良いのだ。肉、揚げ物、肉、揚げ物ってのは、味に飽きてしまう。

まず、スプーンを使ってコンソメスープを口に運んだ。

「美味しい……！」

　望んでいた味がそこにあった！　具材がしっかりと煮込まれており、濃すぎず、しっかりと素材の味が生かされたスープ。

日本の繊細な味付けに慣れている俺は、こういうものが食べたかったのだ。昨日の料理は塩やコショウがふんだんに使われており口に合わなかった。俺は夢中になってコンソメスープを飲んだ。

「そんなものが美味しいのか？　変わったやつだな」

父は奇妙なものを見る目で俺を見てきた。

「はい！」

料理長の腕は間違いなく、一流だった。

「ふんっ。頭でもおかしくなったか。そんなの料理などとは言わん」

それは違います！　と、危うく言い返しそうになったが、寸でのところで止めた。言い争っても仕方ない。

　父の性格はよく理解しているし、ここで口論しても意味がない。

「……そうですね」

と曖昧（あいまい）に返事をしておいた。その後、パンをちぎって食べる。これも美味しいな。口の中で芳ばしい香りが広がる。

最後に、スライスされた肉をフォークで刺し、口に入れる。

これもいい！　この味のバランスがいいのだ！　パンがあって、肉があって、野菜がたっぷり入ったコンソメスープがある。

……ああ、幸せだ。

両親がいなくなったのを見計らってから、料理長を呼んだ。

「なんでしょうか……？」

「今日の料理はとても美味しかったです。ありがとうございました」

こんな料理を毎日食べられるなんて、料理長に感謝してもしきれないな。

前世では、コンビニ弁当とカップ麺の生活だったからな。え、彼女？　奥さん？　そんなのはいなかったよ。

それにしても……どうして、こんな美味しい料理を作れる人に、肉を焼いただけの料理や揚げ物ばっかり作らせているのだろうか。

別に焼き肉や揚げ物が悪いわけじゃないが、才能の無駄使いな気がする。

「特に、素材の味が詰まったスープは絶品でした！　今後もよろしくお願いします！」

料理長、いい腕してるな！　これからも美味しい料理を頼みます、という意味を込めて言った。

「オーウェン様……。こちらこそ、ありがとうございます……」

料理長が深く頭を下げてきた。

お、おう……。なぜか、感謝された。意味がわからん。

今日から魔法の練習が始まる。

遠足前の小学生のようなワクワク感で、昨日は全然眠れなかった。目の下に隈ができている。

でも、大丈夫！

眠いけど、全然眠くない。目はばっちり開いているぞ。屋敷内に開けた土地があり、そこで待ち合わせをしている。

そうして待つこと数分、俺は魔法教師と対面した。

「はじめまして。オーウェン・ペッパーです。よろしくお願いします」

俺は90度まで腰を曲げて、しっかりと頭を下げた。今から、魔法を教えてもらうのだ。最大限の誠意をもって接しようじゃないか。

「……想像していた子とだいぶ違います」

と、教師の女性が呟く。まだ見た目は若く、20代前半だろう。艶のある髪に優しい目つき。おっとり系の美人だ。

「どんな想像ですか？」

オーウェンと言えば、くず野郎として有名だ。おそらく、わがままな子だと思ってきたのだろう。

だけど、その情報は既に過去のもの。……俺はオーウェンであって、オーウェンじゃない――

ニュータイプのオーウェンだ！

「あ、いえ。なんでもございません。私はカザリーナと申します。よろしくお願いします」

彼女はそう言って頭を下げる。

「早速ですが！　僕に魔法を教えてください！」

はやる気持ちを抑えきれない。オラ、ワクワクすっぜ。だって、魔法が使えるんだ。どんな魔法が使えるか、魔法を使って何ができるか。想像が膨らみ興奮してきた。

「わかりました。そのために来たのですから。――まず、魔法を使う前に、魔法について理解する必要があります」

「はい！　カザリーナ先生！」

「先生……？」

「魔法を教えてくれる方なので、先生をつけるのは当然です！」

先生どころか賢者と呼んだっていい。

「そうですか。……では、魔法について簡単に説明しましょう」

そう言って、カザリーナ先生が少し困惑した表情を見せながらも教えてくれた。まず、魔法の発動には想像が不可欠らしい。

想像と言っても、漠然としたものではダメだ。しっかりと事象を理解していなければ、魔法は使えない。水を出すのに、水がどういうものか知らなかったら、水なんて出せないよってことらしい。

さらに、水と言ってもどのくらいの量で、どういう形をしているかまで明確な方がスムーズに魔法を発動できる。

そして、魔法を使うには魔力が必要になる。ちなみに魔力を持っているのは貴族か一部の平民のみらしい。

もちろん、俺も魔力を有している。

5歳のときに魔力測定をしてもらったのだ。もしも、魔力がなかった場合、俺は今頃勘当されていたかもしれない。魔力が貴族を貴族たらしめる所以なのだ。

ちなみにカザリーナ先生は俺よりも爵位が低い男爵家のご令嬢だ。少し脱線したが、魔力で想像したものを具現化させるのが魔法というわけだ。

さらに付け加えると、詠唱をすることで、魔法をより発動させやすくできる。

「最初のステップは、魔力を動かすところからです。確認ですが、オーウェン様は魔力を感じ取れていますか？」

「……感じ取れません」

「それなら、魔力を感知するところからスタートですね。まずは大きく息を吸って、それをゆっくり吐き出してください。その間、他のことは何も考えず、ただ呼吸することに集中してください」

これは瞑想と似ているな……。前世でも瞑想していたから得意だ。

瞑想のコツは自分の吐く息に集中することだ。

ボオオオオ……ブウウウウ……ボオオオオ……ブウウウウ……。

なんの音かって？　不思議に思うだろう？　俺だって不思議だ。ただ呼吸しているだけなのに、なんでこんな音になるんだよ。

お前は豚か？　豚なのか？　豚でもそんな呼吸音しねーよ！

普通にスーハー呼吸してるのに、変な音が出てくる。

「そもそも魔力って感覚としてどういうものですか？」

どうにも、自分の呼吸音がうるさくて集中できない俺はカザリーナ先生に質問した。

「そうですね……。人によって感じ方は異なりますが、私の感覚では温かいものです」

「温かいもの……？」

「へその辺りにある温かみ。それが魔力です。魔力を感知するには大抵1週間くらいかかりますので、焦らずにじっくりと探してみてください」

1週間もかかるのか……。俺はそんなには待てない。今すぐ使いたいんだ。

まあ、でも千里の道も一歩からって言うしな。地道にやっていこう！

温かいもの、温かいもの、と呟きながら、お腹をさすってみると……。お腹がポッコリ出ているのが気になった。

いや、ポッコリどころじゃないな。ボヨンボヨンのブヨンブヨンだ。摘めるどころか、掴み取れるからな。

……待てよ。

俺には前世の記憶がある。その前世の記憶と照らし合わせ、前世にはないものを探せば、見つけられるんじゃないか？

再び瞑想をしてみる。相変わらず、呼吸音はうるさいが気にしないようにしよう。体内の奥深くまで意識を向ける。今までなかったものか……。

温かいものってなんだ？

ん……？

んん……？

んんん……？

お腹に何かある……。感じる！　感じるぞ！　――これは、もしや！

「魔力見つけた！」

「えっ、そんな簡単にですか!?」

カザリーナ先生は驚いた目で俺を見る。

まあ、前世の記憶というチートを使ったようなものだしな。最初からあるものに気づくのは難しいが、なかったものを探すのは簡単だ。

「この子……とんでない逸材かもしれないわ」

カザリーナ先生が何か呟いたようだが、魔力に感動していた俺はそれに気づかなかった。

「それで、この魔力をどうすればいいのですか？」

ひとしきり、魔力を堪能した俺はカザリーナ先生に聞く。

「そうですね……。次は体内で魔力を動かしてみましょう」

魔力よ、動け――！　と念じてみる。すると、ズズズッと動き始めた。

「あっ、動きました」

「え、早すぎません!?」

そうなのかな？　普通に動いたけど。ただ、魔力を動かすのは思っていた以上に体力を使う。

ちょっと動かしただけで、汗が噴き出してきた。

「では、実際に魔法を使ってみましょう。魔法を使うまでの準備期間として、10日くらいを見込んでいたのですが。オーウェン様には魔法の才能があるようですね」

美人に褒められると、照れるな。でも悪くないな。ていうか、普通に嬉しい！

「ありがとうございます！」

「オーウェン様が感謝を……。もしや……噂の方が間違っていて……」

「先生……？」

何やらブツブツ言っている先生を覗き見る。

「す、すみません。予想の斜め上というか……」

「何がですか？」

「いえ、なんでもありません。話が脱線してしまいましたね」

カザリーナ先生は続ける。

「まずは簡単な火球を出してみますので。――見てくださいね」

彼女はすっとを右手を突き出して、手のひらを上に向けた。

「いでよ、火球」

すると、彼女の右手から少し浮いたところに、直径30センチ程の火球が現れた。

「おおおお！　すごい！　魔法だ！」

感動だ。これに感動しない男児などいない。そう断言できる！　マジックではなく魔法なのだ。

前世でも魔法に憧れたが、そんなものはないと知り、絶望した。中学2年生まで魔法があるって信じていたのにな。

漫画の主人公たちは使えるのに、と悲しくなった。――その夢がようやく叶う。

「どうやって魔法を発動したんですか!?」

俺はぐいぐいとカザリーナ先生に近づきながら尋ねた。それに対し、カザリーナ先生は少し引き気味に答えた。

「ま、まずは、魔法をどこから出したいかを考えます。一般的に、手から魔法を行使するため、利き手の方に魔力を集中させます」

俺の利き手は右手だ。

「次に、手にたまった魔力が火球になるのを想像しながら、詠唱してください。詠唱はどんなものでも構いませんが、現象と関連深い言葉の方が発動しやすいです」

「わかりました！　早速やってみます！」

俺は言われた通り、右手に魔力を移動させる。

「ハア……ハア……」

これだけでしんどい……。魔力を動かすのは結構大変だった。右手に魔力を持ってくるだけで、100メートルを全力疾走したような疲労感に襲われる。

「大丈夫ですか？　そんなに無理しなくても……」

「い、いえ……。だ、大丈夫です……」

こんなところでやめるわけにはいかない。どうしても魔法が使いたいんだ。俺は右手に魔力をためた状態で、その魔力が火球に変わっていく様子をイメージした。

大きさは……とりあえず、めっちゃ大きいやつ！

「いでよ、火球！」

――ドンッ！

右手から直径1メートルを超える大きな火球が出現した。

「うおおおおお！　魔法が使えたぞおおお！」

どうせならビッグなものがいいよね、と考えて魔法を使ったから、大きな火球が出現した。しかし、それは一瞬のことで、火球は形を崩し消え去った。

「まさか！　この子、いきなり大火球を⁉」

カザリーナ先生が驚きの声をあげるが。

「う……っ」

頭がズキズキする。俺は痛む頭を押さえて、その場にうずくまる。

「オーウェン様……？」

カザリーナ先生は俺の様子がおかしいと感じたようで、近づいてきた。

「せ、先生。魔法が使えました……」

顔を上げてカザリーナ先生を見る。彼女の心配したような表情が印象的だ。ついさっき会ったばかりの俺に、そんな顔してくれるのか。

と、思った瞬間。

――ドサッ……。

俺はその場に倒れた。


ここは……どこだ？

白い天井が目に入った。視線を横に移すと、壁には相変わらず趣味の悪い絵画が飾ってある。

あ、そうだ……。魔法の練習をしてたら、ぶっ倒れたんだっけ？

「いてて……」

前世で経験した二日酔いみたいに頭がガンガンする。

「坊ちゃま。起きられたようですね」

ベッドの隣ではセバスが控えていた。

「……セバスさん。あれ？　カザリーナ先生は？」

「彼女は今、当主様と対面されています」

「え……っと、それはどうして？」

「行けばわかります」

それは行けってことかな？　うーん……。俺が倒れたのが原因かな？　もしそうだったら、父がどんな反応をするか……。カザリーナ先生に対し暴言を吐くのが想像できる。

しかし、その場合、俺を想って言ってくれるのでは決してない。攻撃する対象があるから、それを罵るだけ。

相手のマウントを取って自分が上だと知らしめたいのだ。父が自己中心的な人物であると、俺(オーウェン)はよく理解している。

「カザリーナ先生はどこですか？」

「応接間にいます」

セバスの返答を聞いた俺はすぐに動き出す。少し頭が痛いが、それよりカザリーナ先生の方が重要だ。

父は平気で体罰をするような人間だ。ストレスを発散させるために、日常的に使用人に暴力を振るっている。

それを見たオーウェンも使用人は害してもいいと考えるようになったのだ。……ほんとにろくでもない家族だよな……。

応接間の前にたどり着くと、中から声が聞こえてきた。

「高い金払ったのに、なんだお前は！　まともに教育もできんのか!?」

「それは……」

「私の息子にケガさせといて！　反省が見られないようだな」

「も、申し訳ございません！」

「ふんっ。謝れば許されると？　これだから低俗な男爵家は！　お前のような無能を育てた親の顔が知りたいわ」

「私の親を馬鹿にしないでください」

「うるさい！　口答えをするな！　そうだ。私がお前を教育してやろう。こっちに来い！」

「や、やめてください！」

カザリーナ先生への暴力は許さんぞ！　俺はバンッと扉を開けた。

「父上……！」

「……どうした、オーウェンよ」

中では父が先生の腕を力強く掴んでいた。それを発見した俺は、すぐさま思考する。勢い良く開けたのはいいが、何も考えていなかった。

ただ、カザリーナ先生に危害を加える父を止めたいと思っただけだ。ここで素直に「先生を放してください」と言っても効果はない気がする。

それならば、あえて父と同じ土俵に立ってみせよう。

「彼女は僕が教育します。下等な男爵家の分際で、僕に傷を負わせ、さらには父上に歯向かったんだ。立場を弁えさせましょう」

俺は悪役っぽい笑みを浮かべた。

幸い、オーウェンは悪役を演じることには慣れている。

「お前が……か？」

「はい。もう二度と父上に逆らえないように、きっちりと教育してみせますよ」

ニヤッと笑って父を見つめ、その後、舐めるような視線をカザリーナ先生に向ける。

「そうか！　手ぬるいことはするなよ」

「もちろんです」

「では、その小娘に、自分がいかに卑しい存在かを思い知らせてやれ」

「はい……。父上」

俺と父は笑い合う。デブとデブが見つめ合うのは、さぞかし気持ち悪い光景だろう。父が部屋を出るのを見計らって、俺はカザリーナ先生の方を向く。

「な、何をしようと言うのですか……？」

怯えながらも毅然とした表情でカザリーナ先生は言った。昔のオーウェンを演じたせいで、彼女は俺に強い警戒心を抱いているようだ。

安心してくれ！　俺は俺だ。……そりゃあ、そうだろうけどさ。

「……カザリーナ先生」

「私をどうするつもりなの？」

「どうもしないですよ。……それより、先生は大丈夫ですか？」

俺は優しい笑みを意識し、表情筋を動かす。顔の肉がたくさんあり、上手く笑えたかわからない。

「私は……大丈夫です」

カザリーナ先生は少し考えるような顔をした後、

「助けていただいたのですね」

「助けたってほどでもないですよ」

父が言う教育もまともな教育だったかもしれないしな。……いや、まともなわけがないか。ぶひひひ、とか言って悪いことをしてそう。

カザリーナ先生は、なぜか急に優しい表情になる。

「オーウェン様は強いですね」

んん……？

「僕は強くないですよ。今日だってすぐに倒れましたし」

「心の強さのことです。でも、オーウェン様はもっと、子供らしく無邪気になっていいと思います」

そう言われてもなぁ……。前世では26歳まで生きたのだ。今更、8歳の子のように振る舞えない。

「子供らしく？」

「ええ。あなたは、あまりにも大人びています」

それはそうだろう。人生経験が違うのだ。同年代の子たちと比較すれば、大人びていて当然だ。

「ありがとうございます。でも、僕はこれが自然なんですよ」

「……そうですか。それは辛くないですか？」

「辛いも何も、これが自分ですから」

カザリーナ先生はそう言って、下を向き、しばらく考え込み始めた。カザリーナ先生の顔を綺麗だなぁって思いながら見ていたら、ぱっと顔を上げた彼女と目が合った。

「——決めました。私があなたを守ります」

「え……と、それはどういうことですか？」

「子供が子供らしくいられるように、そして魔法を正しく扱える人になれるように、オーウェン様は私が守ります」

「え、あ……はい？」

カザリーナ先生は何かを決意したような、澄んだ目をしていた。

……どうして、こうなった？

◇◇◇

カザリーナは家庭教師としてペッパー家に行くことになった。

ペッパー家からは良くない噂ばかり聞く。彼らは選民意識が強く、貴族でなければ人ではないと豪語する人たちだ。貴族は少なからず選民思想があるが、その典型ともいえるだろう。

ただ、信頼も能力もない人間が権威を振りかざすのは、どうかと彼女は思っている。

それに、ブラック・ペッパーは同じ貴族でも、自分たちよりも爵位が低いとみると、途端に見下すような人という噂だ。

カザリーナは男爵家の令嬢であり、ペッパー家よりも身分が低い。少しでも問題を起こせば、面倒なことになるだろう。問題を起こさずとも理不尽な要求をされる可能性すらある。

正直言って、関わりたくない人たちだと考えていた。

オーウェンも子供だといって甘く見てはいけない。

わがままで横暴。気に入らないことがあれば、すぐに癇癪(かんしゃく)を起す……らしい。

そして、子供の癇癪といって侮(あなど)ってもいけない。

殴る蹴るといった暴力に加え、どこから覚えてきたのか、子供とは思えない暴言の数々。それによって辞めていった使用人は少なくない。

そんなオーウェンのもとに、なぜ魔法教師として行くのか？　――ひとえにお金のためだ。

カザリーナの家は貴族とは言え、貧乏だ。下には5人の妹弟がおり、カザリーナが少しでも稼ぐ必要があった。

両親には魔法学園にも行かせてもらうため、お金をたくさん払ってもらった。だから、その恩返しをしたい。

残念ながら魔法学園では優秀な成績を残すことができず、良い職につくことができなかった。友人に王都での仕事を斡旋(あっせん)してもらえたのに、意地になって断ってしまった。

あのときのことを少し後悔している。

そういった事情でお金が必要だった。……と、そんなときに破格の報酬が貰える話が来たのだ。

彼女は迷わず、飛びついた。——否、飛びついてしまった。

そのあと、あのペッパー家の家庭教師だと知り、自分の浅はかさを呪うことになったのだ。そういうわけで、オーウェンの家庭教師になった。

最初は、とんでもない子供が出てくるのだろうな、と考えて憂鬱になっていた。だが、実際にオーウェンと会話したところ、彼はとても素直で良い子供だとわかった。

噂の方が間違っていたのだろう。しかも、8歳児とは思えないほど大人びている。礼儀正しくて、純粋に魔法を学びたいという姿勢にも好感が持てた。

（とても良い子なんだけど……）

カザリーナは彼を不憫に思った。オーウェンはずっと自分を偽って生きてきたのだろうか？　子供の身では親に逆らうことはできない。

だから、父であるブラック・ペッパーに合わせてきた……とカザリーナは考えている。……おそらく、それがオーウェンの悪評に繋がっている。

オーウェンがカザリーナを助けたあとの——彼の引き攣った笑み。

——上手く笑えていなかった。

きっと、誰にも愛されてこなかったのだ。だから、素直に笑うこともできない。そして、子供なのに大人びた性格。誰にも頼ることができなかった彼は、大人になるしかなかった。

彼女はそう結論づけた。

8歳であれば、無垢(むく)で無邪気な少年時代を過ごせるのに……。カザリーナがその歳の頃は、もっと子供らしく遊んでいた。家族や使用人などから、たくさんの愛情を受け、そして彼らに守られてきた。その経験が今の彼女を作っている。

(はたして、この子は誰が守るのだろうか?)

オーウェンは……既に大人びている。少しの会話から、彼の知性を感じ取ることができた。

オーウェンは誰かに守ってもらうほど弱くはないのかもしれない……。それでも、子供とは本来、愛され守られるべき存在なのだ。

特に、魔法使いとしてこれから歩んでいくのなら、愛され守ってくれる存在が必要だ。——正しい心を持つ者が正しく魔法を使うことができる。

才能あるオーウェンは、今後周りが驚くような活躍を見せてくれるに違いない。でも、その心が満たされていなければ、いつか彼は壊れてしまう。

魔法教師として彼を正しい方向に導いてあげたい。そのために、今はしっかりと守ってあげなければならない。——と、彼女はそう思った。

「子供が子供らしくいられるように、そして魔法を正しく扱える人になれるように、オーウェン様は私が守ります」

カザリーナはそう宣言した。

カザリーナ先生が魔法教師として来てから2年が経った。

その間、俺は魔法の練習に明け暮れた。魔法って楽しいな。朝起きて魔法の特訓。昼飯食べてからも魔法の特訓。夜飯食べてからも……。夜はさすがにやらないな。

自分の想像したものが形になるなんて――これほど楽しいことはない！

それに、カザリーナ先生が優しいせいで、俺はついつい甘えてしまっていた。

あの、包容力のある大きな胸に抱かれているときは……気持ち良かったな。にしし、役得、役得。

子供っていいな。……おっと……いかん、いかん。

カザリーナ先生をそういう目で見てはいけないんだ。先生は偉大な存在だからな！

さらに魔法の練習のおかげで、だいぶ痩せることができた。今はぽっちゃり系男子。お腹の肉がちょっと掴める程度。

この腹の感触は……思い出すなぁ。前世でのビール腹と同じくらいだな。だいぶ、いい感じ。学園入学まであと半年。それだけ時間があれば、もっとスリムな体型を目指せる！

「ところで、カザリーナ先生。学園ってどんなところですか？」

先生は俺が行くサンザール学園の生徒だったらしい。

「楽しいところですよ。生徒のレベルも高く、とても良い環境です。特に魔法を学びたいのであれば、いくつかある学園の中でもサンザール学園がもっとも適しているでしょう。」

ほうほう、なるほど。俺はふむふむと頷く。どうせなら、環境が整っている方がいいよな。

「貴族と平民の対立とかってなかったんですか？」

「もちろん、全くないというわけではありませんが。ただ、あそこは良くも悪くも実力主義です。

身分が低くても実力さえあれば問題ありません」

「そうなんですね」

もっと、身分にうるさい場所かと思った。父を見ているからか、この世界は身分による格差が激しいと感じていた。だけど、案外そうでもないってことかな？

「学園ではたくさんのことを学び、そして良い友人にも恵まれました。オーウェン様もきっと良い友人たちに出会えますよ」

「はい！　とっても楽しみです」

今、俺に友人と呼べる存在がいない。同年代と接することができるお茶会に呼ばれないからだ。記憶を取り戻す前に——つまり、俺でないオーウェンのときに何度か呼ばれたことがある。

しかし、そこで良くない印象を与えてしまった！

「愚民ども！　俺と話せるだけでも光栄に思えよ！」

とか、言っちゃってたな。おいー！　何恥ずかしいこと言ってんだよ……。お前のあとを引き継いだ俺の立場になってみろよ。ていうか、お前こそ愚民だろーが！

そんなわけで、次第にお茶会に呼ばれる機会が減り……。俺が記憶を取り戻してからは一切呼ばれていない。

「オーウェン様。手紙が届いております」

こうして、ぼっちができあがった。

先生と別れた後、傍で控えていたセバスに声をかけられた。

俺はセバスから手紙を受け取る。ついでにセバスからペッパーナイフをもらい、中身を開けて読み始める。

ふむふむ。……なるほど、そういうことか。

つまり、これは――誕生日会の招待状だ！　アルデラート公爵家の令嬢が10歳になるらしい。ちなみに俺と同い年だ！

初めての友達できるかな？　……いや、待てよ。友達のいない誕生会って絶対気まずい……よな。そう考えると参加したくない。……参加したくないが、

「参加すべきですよね……？」

「はい。参加した方がよろしいかと存じます」

それは、そうだよな。公爵家のお誘いを断ると角が立ちそうだ。

「わかりました。参加します」

「かしこまりました。では、そのように返答しておきます」

あ、でも、誕生日会って俺1人で行くのかな。

「セバスさん。お茶会には父上と母上も一緒に来るのでしょうか」

「いえ、今回は2人とも欠席なさるとのことです」

おいおい、子供1人で行かせるのかよ。あの2人のことだから、自分が行きたくないから行かないという理由だろうけど……。

それに貴族社会で太っていることは、予想以上にマイナスの印象を与えるらしい。貴族社会は魔法至上主義だ。……いや、そもそもこの社会自体が魔法至上主義だ。

魔法が使える者の発言権が大きい。ときに身分よりも魔法の能力が重視されることがある。つまり、魔法が使えない者は、身分に関係なく下に見られる傾向がある。

そして、俺の両親は魔法がほとんど使えない。そもそも、日常的に魔法を使っていれば、そこまで太らないのだ。太っているのは、魔法が使えないと言っているようなものであり、恥となる。両親もそのことをわかっているのか、貴族の集まりには出たがらない。……引きこもりかよ。正直、両親はいない方がありがたいけど。

「パーティーまでに、何かしておかなければならないことはありますか？」

「坊ちゃまは伯爵家の嫡男(ちゃくなん)です。礼儀マナーはもちろんのこと、ダンスもできた方がよろしいかと」

「ダンスですか？　全然踊ったことないですよ」

「では、今日から1週間で基礎のところだけでも覚えてください」

「お、お手柔らかにお願いします」

ダンスレッスンに明け暮れて、1週間が過ぎた。そして、誕生日会の当日。誕生日を迎えるのは、アルデラート家の長女ナタリー・アルデラートだ。

同じ歳の子だが、俺(オーウェン)と違って良い評判をたくさん聞く。天使のような美少女だという噂だ。また、教養があり、人との折衝(せっしょう)に長け、さらには魔法の才能もあるので、将来を有望視されている。

デブで教養もなく、無能で乱暴。さらには魔法の練習をしてこなかった俺とは、真逆の存在だ。

そんな彼女の誕生日会には、多くの貴族が呼ばれている。ペッパー家をよく呼んだな、と思ったがほとんどの貴族に手紙を出しているから、ついでに呼ばれたのだろう。

評判の悪い俺は大人しくしておこう。パーティーマナーをあまり学んでこなかったし、どう振る舞えばいいかわからん。

なんで伯爵家なのに教養がないかって？　それは昔の俺が、

「こんなやつらに教わっていられるか！　とっとと帰れ！」

と言って、全ての教師を辞めさせたからだ。

それ以降、誰も俺の教師をやりたがらなくなった。例外でカザリーナ先生が来てくれたぐらいだ。なんなら魔法教師であるカザリーナ先生に、文字や一般的な知識なども教えてもらった。本当に先生はすごい人だよな。美人で、こんな俺にも優しく、魔法の扱いにも長けている。

やはり、彼女は賢者だ。

いや、賢者を超えて……神様。ありがたやー。カザリーナ先生の像があれば、間違いなく買って部屋に飾る。ちなみに、壁に掛けられていた気味の悪い絵画は外して売った。

……あの絵画、ほとんど金にならなかったぞ。絶対、騙(だま)されて買っただろ。

そんなことを考えていたら、広い部屋にたどり着いた。天井からシャンデリアがぶら下がっており、会場一帯を照らしている。立食パーティーらしく、たくさんの食事が用意されていた。

美味しそうな料理だな。普段は食事制限をしているけど、今日くらいは許されるはずだ。……こうやって、人はリバウンドしていく。

目につく美味しそうな料理を皿に盛って、会場の片隅でひっそりと食べ始めた。――これぞウォールフラワー。わいわい、がやがやしているパーティー会場で1人佇(たたず)む俺。

黙々と食べながら、ふと思うことがあった。

あれ？　俺ってここにいる意味なくね？

そもそも、知らない人ばかりの中で、知らない人の誕生日を祝うってどうよ？　陽キャなら「うえーい」と言って楽しめるだろうけど、俺みたいな陰キャには無理がある。

と、考えているときだ。

「おお！　あれがアルデラート公爵家のご息女か」

周りがざわざわし始める。声のした方を向くと、そこには美少女がいた。シャンデリアの光に照らされて、黄金(こがね)色の髪がきらめく。透明感のある藍色(あいいろ)の瞳。少女はまさに天使と呼ぶのにふさわしかった。――つまり、ものすごく可愛かった。

まさに芸術品。一流の絵師が描いた絵画から飛び出してきたような少女だ。そして、10歳とは思えないほど、落ち着き払っている。……住む世界が違う。

こんな広い会場で多くの人に祝ってもらえるんだ。会場の中心で光り輝く場所にいる彼女と、会場の隅で隠れるように立っている俺。

悲しいほどに差がある。彼女の姿をしばらく見たあと、ひっそりとバルコニーへ出た。

――夜風が気持ちいいな。

中の煌(きら)びやかな雰囲気と打って変わって、ここには誰もいない。こういうところの方が落ち着く。

俺はバルコニーから見える、手入れされた庭を見下ろした。綺麗な庭だなと思いながら、ボーっとしているときだ。誰かが、近づいてくる足音が聞こえた。

「はあ……。憂鬱だわ」

ナタリー・アルデラートは誰にも聞かれないように、こっそりとため息をこぼす。今日は、10歳になったナタリーの誕生日会だ。

公爵家の長女ということで、誕生日会は盛大に開かれることとなった。だが、自分の誕生日会であるものの、全然楽しいとは思えない。

そもそも、この誕生日会はナタリーが楽しむためのものではない。公爵家の令嬢として恥ずかしくないように、振る舞うことが求められている。

ここに挨拶に来る人たち全員、顔は笑っていても、目の奥ではナタリーを品定めしている。ナタリーが公爵家の令嬢としてふさわしいか。

ナタリーを通して、アルデラート家の今後を見ているのだ。そういうわけで、彼女の一挙一動には大きな責任が伴う。

そのため、ナタリーは不用心な発言ができず、完璧な令嬢を演じ切らなければならない。完璧なんて存在しないのに、今この場では完璧を求められている。

そんな誕生日会が楽しいわけがない。でも、仕方ないと諦めている。三大公爵の1つ、アルデラート家の令嬢に生まれたのだから。これは自分に定められた責務。

「ナタリー様は聡明でいらっしゃいますね。さすがはアルデラート家のご息女だ」

「ワハハハ。今後もアルデラート家は安泰ですな」

どれも心無い言葉に聞こえてくる。一体彼らの本心はどこにあるのだろうか？　裏では平気で人のことを罵り、蹴落とし合っていることを知らないとでも？

ナタリーは早く帰りたい気持ちをぐっとこらえる。広い部屋だというのに、ここは窮屈で息が詰まる。眩いばかりの室内だが、人の影が目につくのはなぜだろう。

「お父様。私、少しバルコニーで休みます」

「すぐに戻ってくるのだぞ」

「はい……」

ナタリーは足早にこの場を去り、人けのないバルコニーに向かった。

「誰もいないと思ったけれど、先客がいたみたいね」

誰だ……？　俺はバルコニーに現れた少女を見る。この光沢ある金色の髪は……アルデラート公爵家の令嬢だ。

「はじめまして。ナタリー・アルデラートよ。あなたは？」

「どうも、オーウェン・ペッパーです」

「ペッパー……と言えば、あの悪名高い……」

そうですね。悪名高く、無能で傲慢……ペッパー家の嫡男です。

ふはははは。自分で言って悲しくなるぜ！

「その噂って結構広がっているんだ」

「ええ……。貴族なのに魔法を使えず、威張っている人たちだと」

「その通りだね」

「あら、素直に認めるのね。それに噂に聞くオーウェンは癇癪持ちだと聞いたのだけど」

おいおい、そんな危ないやつを怒らせるような真似するなよ。……って、俺のことか……。

「私が公爵家の令嬢だから猫を被っているのかしら」

「いや、むしろこれが俺の素だよ。それに、子供相手に怒るほど、俺は大人げなくないしね」

「まるで、自分が大人みたいに言うのね」

あ、そうだ……。俺も子供だった。

「ふっ……。大人ぶりたい年頃なのさ」

「それ自分で言う?」

ナタリーがジト目になる。

「俺は自分を客観視できる子供なんだ」

「あなたって……噂と違って変な人ね」

うーん……。それは良い評価なのか? まあ、無能なデブよりはマシだろう。

「ありがとう」

「褒めてないわよ……。でも、まあいい退屈しのぎにはなるかしら」

「退屈だったのか?」

こんなにキラキラしたところで祝われてるのだ。きゃー、みんなー、私のためにありがとう! とは思わないのだろうか。

うん、彼女はそんなこと思わないだろうな。

「……そうね。いえ、なんでもないわ。これは公爵家に生まれた私の役目。責任があるのよ。だから仕方ない」

そう言ってナタリーは何かを諦めたような表情をする。おいおい、10歳の子供がしていい表情じゃないぞ。

それも今日はナタリーの誕生日だろ。もっと、はしゃいでいいんじゃないか？

「子供はもっと子供らしくしていいんだぞ」

「え……？」

「って俺の先生が言ってた。子供でいられる時間は短いんだ。その貴重な時間を捨てるなよ」

純粋に子供としていれるのはいつまでだろうか。

職につくまでか？　成人するまでか？　この世界の人の平均寿命は知らないが、いずれにしても子供でいられる期間は短い。

そして、その期間は人生の中でとても重要な意味を持つ。

俺は前世で子供の時期を経験したからいいが、ナタリーは違う。大人になると、どうしても従わないといけないことが増えてくる。

自分の本心が言いにくくなる。行動に責任が伴うせいで臆病になる。そうやって、やれることしかやれなくなるんだ。

なら、まだ子供でいられるうちは、存分に子供を楽しんだ方がいい。まあ、半分くらいカザリーナ先生の受け売りだけど……。

「そんな単純な話ではないわ。私の行動は公爵家の行動になる。……あなたみたいに好き勝手生きていけないのよ」

「そんなの知るか！　俺は偉大で尊敬できる最強の先生から教わったんだ。子供は子供らしくある

先生の教えは絶対だ。そんな先生に俺は（物理的に）甘えていた。

「あなたはいい人と出会えたのね」

「そうだ。カザリーナ先生は最高の先生だからな」

「ふふふ。羨ましいわ」

「というわけで、今から俺とあそぼーぜ」

「え……何がどういうわけで……そういう結論になったのかしら？」

「だって、誕生日会が退屈なんだろ。なら俺と楽しいことしようぜ」

前世のときの誕生日会は楽しかった。家族みんなに祝ってもらえて、いい意味で特別な日だった。誕生日が待ち遠しく、終わってしまったら寂しい気持ちになった。

「私は今日の主役なのよ。もう戻らないと……」

「なんで、今日の主役が……誕生日のやつがつまらない顔してんだよ！　誕生日ってのはその人にとって、特別な日じゃないのか？」

「ええ、特別な日よ。みんなを接待しなければならない特別な日」

「そんなんじゃ……ナタリーが楽しめないだろ……」

「そういうものよ」

「だーかぁら！　俺と遊ぼうって言ってんだよ」

「あなた、話聞いてた？」

「聞いてたよ。でも、そんなの知らん。役割？　責任？　接待？　そんなこと知らん！　それに俺とお前はもう友達だ。友達が友達と遊びに行く。それで十分なはずだけど？」

「友達……？　それに……行くってどこによ……」

「……あそこの庭！　探検しようぜ！」

そう言って、バルコニーから見える庭を指さす。ここは2階であるため、外に行くには会場の中を通るか、直接下に降りるか、二択だ。会場の中を通るのはダメだ。目立ってしまうし、ナタリーが呼び止められる可能性が高い。だが、直接行くと言っても、バルコニーから下に降りられる階段なんてものはない。それなら、作ればいいんだ。

俺は右手に魔力をためる。

「土よ、我らを導け」

魔法で土を生成し、階段を作った。階段はバルコニーから外の庭へと続いている。俺は手すりを飛び越えると、

「さあ、行こう」

両手をいっぱいに広げて、ナタリーを誘った。

「で、でも……」

「ちょっと、遊びに行くだけさ。すぐに戻ってくる」

「……ちょっとだけよ」

ナタリーは少し考える素振りを見せたあと、俺の方に近づいてきた。そして、俺の手を取ろうとした瞬間だ。

「ナタリー！　こんなところで何をしている!?　早く戻らんか!?」

会場から男が出てきた。

「お、お父様……」

お父様ってことは、アルデラート家の現当主であるラルフ・アルデラートか。……まずいな。

この状況は、ナタリーを誘拐しているみたいじゃないか。俺はナタリーの体を抱きしめた。

「え、ちょ、オーウェン⁉」

「掴まっておけよ」

「お前、ナタリーに何をしている⁉」

ラルフがナタリーの腕を掴もうとしたときだ。

「——引力解放！」

俺はナタリーを抱きしめたまま、魔法を使って空を飛んだ。後ろの方で、ラルフが何やら叫んでいるが、俺の耳には入ってこない。

ふー、やっぱり空はいいな。人類は空に憧れ、バベルの塔などの高い建物を建てた。さらには、飛行機を造り、空を飛べるようになった。そして、オーウェンは空を飛ぶことに成功したのだ！

これぞ、人類の進歩——そしてオーウェンの進化だ。

「ま、まさか飛行魔法⁉」

ナタリーが驚愕（きょうがく）している。過去に【魔女】と呼ばれていた存在が飛行魔法を使えたものの、他に飛行魔法が使える人間はいないらしい。

それにも理由がある。この世界の概念に『重力』がないのだ。重力の代わりに「万物は地面に縛り付けられている」という考え方らしい。

そのため、地面から解放されれば空を飛べると考えられている。

しかし、物体は万有引力によって引き付けられているというのが事実であり、このちょっとした認識の違いが問題となっている。

現象を正しく理解していない状態で魔法を行使しても効果は薄い。特に空を飛ぶというのは、その認識の違いで結果が大きく変わってくる。

そういう理由があり、飛行魔法は難しいとされてきた。だが、万有引力を知っている俺は飛行魔法、もとい重力魔法が使える。

これは、俺1人で生み出したというよりも、前世の知識とカザリーナ先生の知恵のおかげだ。先生も万有引力の考え方を聞いて、びっくりしていたな。だけど、先生は柔軟な発想の持ち主のようで、原理を説明すると納得してくれた。

さすがは先生だ。

大抵の人は常識と異なることに対し、ばかばかしいと嘲笑う。ガリレオ・ガリレイの地動説もしかり。一節にはガリレオは地動説をそこまで主張しなかったらしいけど。

「オーウェンどういうこと!? 空飛んでいるわよ！」

「そうだ！　気持ちいいだろ！」

俺も初めて飛行に成功したときは感動した。解放感が半端なく、嫌なことも忘れてスッキリする。

だから、彼女の気持ちはわかる。人は空に憧れる生き物なのだからな！

「ええ！　とーっても気持ちいいわ！　ほら見て！　私の家が小さく見える！　あははは！」

彼女の無邪気な笑い声が耳元で聞こえてくる。

「俺からの誕生日プレゼントだ」

ちょっと、気障なことを言ってみた。どうだ？　かっこいいだろ？

「オーウェン！　ありがとう！」

抱きしめているためナタリーの顔は見えない。でも、喜んでいるのは、その声から伝わってくる。

「どういたしまして……。そろそろ降りるぞ」

「えー！　もう少し飛んでよね！」

ナタリーがさっきより幼く見える。いや、これが素なのかも。空を飛べてはしゃいでいるようだ。

「ごめん。さすがに2人分の重さでは、飛行を維持できない」

重力魔法の制御は難しい。こればっか練習してきたから、なんとかできるようになったのだ。俺は徐々に高度を下げていき、噴水があるところに着地する。

「ふー、疲れた」

俺は彼女を放すと、地面に尻餅をつく。

……結構、神経を使ったな。少しでも制御を誤れば地面に急降下だ。ほんの30秒ほどの飛行なのに、体中が汗でべたべたになった。

「あなたって、すごいのね。もしかして、悪名被っているのはカモフラージュかしら？」

それは俺じゃなく、俺のせいだ。……どっちも俺か。

「若気の至りってやつだ」

「まだ若いじゃない……」

「ふっ。大人ぶりたい年頃なのさ」

「それ、さっきも聞いたわ……。やっぱり変な人ね」

ナタリーは表情を緩めて言った。別に変な人でもいっか。彼女を笑わせることができたんだし。

「どうだ？　楽しかったか？」

「ええ。とても楽しかったわ。それより、こんなことして大丈夫なの？　傍から見たら誘拐犯よ。それも公爵家の私を」

「だ、だ、大丈夫だ……。俺は悪名高いオーウェン・ペッパーだからな」

もともと評価が最低なのだ。このぐらいやったところで、さらに評価が下がるだけ。それなら、落ちるところまで落ちてやろうじゃないか。

ハハハハ……。ちょっと、焦ってきた。

「ふふふ。オーウェンって面白いわね。ところで、ダンスはできる？」

「ダンス？　あんまり得意じゃない。練習してこなかったから」

1週間みっちり練習したおかげで、ステップ程度ならできるけど……。俺にはダンスの才能が全くないことがわかってしまった。リズム感が壊滅的にないらしい。

「はあ……。ほんとに伯爵家の嫡男なのかしら？　まあ、いいわ。一緒に踊りましょう」

「え、なんで？」

「今はダンスの時間よ。本来ならば主役として、会場のど真ん中でダンスを披露していたのに……。誰かさんに誘拐されたものだから」

それは俺のせいなのか？　うん、間違いなく俺が悪い。そういえば、かすかにだが会場の方から曲が聞こえてくる。

「あんまり踊れないけど。それに、まだ汗でびしょ濡れだけど大丈夫？」

俺はそう言いながらも、立ち上がる。

「大丈夫よ。気にしないわ」

そう言って彼女は俺に近づいてきて……すっと腰に手を回した。なんか、ドキドキするな。ナタリーは10歳児とは言え、文句なしの美少女だ。

「お手柔らかに頼むよ」

会場からこぼれるわずかな音を頼りに踊り始めた。俺のぎこちない動きをカバーするように、ナタリーが動く。そうして、暗闇の中でしばらく踊るのだった。


その後、俺とナタリーはすぐにラルフに見つけられ連行された。誕生日会会場の隣にある部屋で、ラルフと向き合うようにソファに座らされていた。

……これは人生詰んだかも。もともと、詰んでいたようなものだったけど。

底辺が最底辺になっただけだな！

ははは、何も気にすることはない！　だから、そんなに眼光を鋭くして睨まないでくれよ。……アルデラート家の当主さん。正直……めっちゃ怖いです。

「それで、お前はどうしてナタリーを連れ去ったのだ？」

威圧感たっぷりの声で尋ねてくる。うおー、こえー……。額から汗が……にじみ出る。

「え、えーと、友達の誕生日を祝いたくて……」

言い訳になってないよな。誕生日を祝うのに連れ去る奴がどこにいるんだろう。あ……俺がいた。

「そうか。ナタリーの友達なのか。ペッパー家の嫡男と娘が懇意にしているとは知らなかったな」

これは絶対怒ってるよね……？　誕生日会に娘を連れ去られて、怒らない父親なんていないよな。

それに相手はくそ野郎として有名なペッパー家の嫡男だ。

ふう、やっちまったぜ。もはや清々しい気持ちだぜ。

「お父様。彼とは今日知り合いました」

「うん？　どういうことだ」

「先ほどバルコニーで話して友達になりました」

ナタリーはそう返す。俺なんかを友達と呼んでくれるのか……ありがとう。

「ナタリーの……友達か」

ラルフは相変わらず鋭い視線で俺を睨みつけてくる。

「は、はい。友達をさせていただいております」

友達をさせていただくってなんだよ。自分で自分の言ってることがよくわからん。

「……」

しばらく沈黙が続く。ちょっと、息が詰まるんだけど。……早くなんか言ってくれ。

「そうか……。私は誤解していたようだ。どこの馬の骨かわからんやつが、ナタリーを連れ去ったと思ったが、友達だったか」

そう言ってラルフは、はははは、と笑いだした。

何がどうなっているんだ？　なぜ、そこで笑うんだ？

ちょっと意味がわからん。いや、怒って欲しいわけじゃないけどさ。

「オーウェン君。これからもナタリーと仲良くしてやってくれ」

「……は、はい？」

どうして、そういう結論になったんだろう。……お偉いさんの思考回路はわからん。ラルフは機嫌良さげにソファから立つと、部屋の外に向かった。

「ナタリー。しばらくしたら会場に戻りなさい。主役がいつまで経っても姿を見せないと不審に思われるからな」

「はい……。すぐに参ります」

ラルフがバタンと扉を閉める。俺は彼が部屋を出ると、ぐったりとソファに倒れ込んだ。

「あー。緊張したー」

「あなたでも緊張するのね」

「当たり前だ。アルデラート家の当主様だぞ」

王からの信頼も厚く、国の中枢(ちゅうすう)を任せられる人物だ。さらには魔法の扱いにも長けている。俺程度の人間など、社会的にも物理的にも一瞬で葬り去ることができるだろう。

そりゃあ、緊張する。

「でも、案外いい人だったな」

「そんなことはないわ。……きっと、お父様はオーウェンが役に立つと思ったのよ。そういう基準でしか他人を見ない人だから」

役に立つ……か。どういう基準で判断したのだろうか？

「俺にどんな価値があるのかわからんけど、お咎(とが)めなしで良かったよ」

「ええ。そうね。お父様が言っていたように、あなたとはこれから長い付き合いになりそうだわ。よろしくね」

ナタリーは右手を出し、握手を求めてきた。

「ああ、よろしく」

俺は一度手汗を拭いてから握手に応じる。こうしてナタリーの誕生日会は幕を閉じた。

◇◇◇

セバスは先々代からペッパー家に仕えており、最も古くからいる使用人だ。

今でこそ落ち目のペッパー家と嘲笑われるが、先代までは一流の魔法使いを輩出(はいしゅつ)する名門だった。特に先代は、魔法に関して国内有数の使い手だった。その名は国外まで轟(とどろ)いており、領民からも信頼されていた。

だが、先代は妻とともに不慮の事故で亡くなり、そこからは坂を転げ落ちるかのように、ペッパー家は落ちぶれていった。

現当主であるブラック・ペッパーに魔法の才能がなかったのが最たる原因だ。

貴族社会では魔法が重んじられる。

伯爵家を継いだ段階では、ブラックも領主としての責任を一生懸命果たそうとしていた。だが、突然領主を任されたことと、偉大過ぎる先代の面影がブラックを苦しめた。

何をしても先代と比べられ、周囲の期待に応えることができない。その事実から彼は、逃げるように暴飲暴食を繰り返すようになったのだ。

いつしか、好き放題遊ぶ愚かな領主に成り下がっていた。セバスの話を一切聞かなくなり、完全に手が付けられない状態になっていた。

そして、ペッパー家の嫡男であるオーウェンも、ブラックに似たのか粗暴な振る舞いをする少年に育っていた。

セバスがオーウェンに仕え始めたときには既に何を言っても手遅れ。ブラックを見限ってでも、オーウェンの教育に専念すべきだった。……ペッパー家はオーウェンの代で潰えるかもしれない。

セバスは自分の力不足を呪った。先代たちに申し訳ない。だが、今更悔いても仕方ない。せめて、セバスだけは最後までペッパー家に忠義を尽くそうと誓った。

それが自分の役目だ、と。

そんなときだ。オーウェンの様子が突然変わった。まるで、人が変わったかのような振る舞いをし始めた。相手が誰であっても感謝の言葉を忘れず、敬意をもって接するようになったのだ。

今まで使用人を見下し、暴力を振るってきた子供とは思えない。使用人に敬意を持って接する貴族が、どのくらいいるのだろうか。だが、オーウェンの姿は貴族の在り方としては間違っている。

「坊ちゃまは人の上に立つ貴族です。下の者に敬語で接してはなりません」

と注意したことがあった。それに対してオーウェンは、

「目上の、それも尊敬する相手に、どうして敬語を使ってはならないのですか？　天は人の上に人を造らず、人の下に人を造らず、です。ろくに学びもしなかった僕が、彼らの上に立ち、指図する資格はありません」

と答えたのだった。貴族とは元来、平民の上に立つものだ。それは、この世界の常識と言える。その根底にあるのが魔法至上主義であるものの、貴族は偉いというのは人々の共通認識だ。それを否定することは社会全体を否定することに繋がりかねない。

だから決して、オーウェンの考え方は褒められたものではない。――が、セバスはオーウェンの考えに共感するところがあった。

果たして……何もしていない貴族がそれほど偉いのだろうか？

貴族としての務めを果たさない、現当主ブラック・ペッパーは本当に敬う存在なのであろうか。

――そう思ってしまうことは度々あった。

だから、セバスは、

「今の言葉を、他の人の前では口にしないでください」

と口止めしたうえで、

「私は坊ちゃま……。いえ、オーウェン様のことを誇りに思います」

と言った。そして、オーウェンは「学ばないものが人の上に立つ資格はない」という言葉を体現するかのように、熱心に魔法を学び始めた。

当初、オーウェンの変化を不審に思っている使用人は大勢いた。しかし、彼の努力を目の当たりにした使用人たちは、次第に彼を応援するようになった。

彼の人柄が変わってから2年以上経つ。もう、この家にオーウェンに負の感情を抱く者はいない。

きっと、この落ちぶれたペッパー家を、彼ならば立て直すことができるはずだ。……オーウェンが立派に育っていく姿を見てそう考えた。

そして、彼の成長を間近で見られることをセバスは嬉しく思った。今日もオーウェンは朝から魔法の練習に明け暮れていた。それを傍で見ているセバスは、

「ペッパー家は安泰です」

と、亡くなった先代に向けて呟いた。

誕生日会から半年が経った。

俺はダイエットに成功し、学園に入学する前に痩せることができた。頑張ってダイエットしたわけじゃないけどね。魔法を楽しく極めようとしていただけだ。

そして今日。俺は学園に向けて旅立つ。——旅立ちの日だ。

学園は王都にあり、ペッパー家から馬車で丸一日かかる。ちなみにだが、俺たちが住む国は『エーデルランド王国』というらしい。

魔法大国として周辺の国から一目置かれている。そのせいか、魔法ができない貴族の立場は低い。

魔法を学んでおいて良かったな。カザリーナ先生、ありがとう。

入学式は3日後であるが、余裕を持って今日出発する。今まさに出発するというときに、なぜか使用人に囲まれていた。見送りに来なくても大丈夫、ということを伝えたんだけどね。

父と母以外は全員来ているのではないか？　なぜだろう？

俺は嫌われていたんじゃないのか。これではまるで、使用人たちが俺との別れを惜しんでいるみ

たいだ。ははは、そんなわけないか……。

「どうして、皆さん集まっているのですか？」

隣にいるセバスに純粋な疑問をぶつけてみた。

「オーウェン様のことが好きだからです」

好き？　そんなわけ……。挨拶とか、多少世間話をするものの、そんなに関わってこなかった。料理長やセバスとなら頻繁に話したけど。それに、最近では使用人に暴力を振るっていないが、以前は暴言を吐き、使用人を傷つけてきた。

嫌われる理由はわかっても、好かれる理由が思いつかない。

「オーウェン様、あなたは変わられました。それは、この2年半の間、私を含め使用人全員が見てきたことです」

セバスの言葉に、使用人たちは頷く。

「そうですよ。オーウェン様。あなたの頑張りは私が保証します」

「……カザリーナ先生」

そう言われると……嬉しくなるじゃないか。もっと……冷めた感じで追い出されると思っていた。セバスとカザリーナ先生が見送りに来てくれれば十分だと考えていた。せっかくみんなが来てくれたんだ。何か言わないと……。俺は思考をめぐらした。

「僕は、皆さんに酷いことをしてきました」

俺は使用人たちに向かって口を開く。

「昔のことだと言って、なかったことにする気はありません。過去は消えないのですから」

たとえ、昔の俺がやったことでも、それは今の俺が取るべき責任である。

「恨まれても仕方ないし、憎まれても仕方ないことをしたと思っています。――でも、そんな僕に愛想を尽かさず、仕えてきてくれたこと、そして、今日この場に集まってくれたことを僕は決して忘れません。……ありがとうございます」

使用人たちに向かって頭を下げた。顔を上げると、使用人たちが唖然(あぜん)としているのが見えた。

「立派な人になれるように、学園でたくさんのことを学んできます。そして、いつか、あなたたちも含め、この領地の人々を幸せにできる立派な領主になります」

記憶を取り戻したときは、伯爵家なら裕福だから、人生安泰(あんたい)だなと考えていた。

だから、楽に生きていこう、と思った。――でも、そんな簡単な話じゃない。

魔法の練習をサボれば、父のようになり、使用人に暴力を振るえば悪い噂が立つ。ナタリーが自分の行動に責任が伴うと言ったように、俺にも伯爵家嫡男としての責任がある。

「……オーウェン様」

使用人の誰かが呟いた。それが端を発し、次々に俺の名を呼ぶ使用人たち。そんな中から料理長が一歩前に出てきた。

「オーウェン様に料理を作る機会は、しばらくなさそうです」

彼の料理はどれも絶品だった。前世から苦手だったキノコも、彼の料理なら美味しく食べられた。今ではキノコが大好物だ。

学園では、彼の料理を食べられないと思うと、残念で仕方ない。

「料理長も一緒に来ませんか？」

冗談めかして言ってみる。すると、料理長が目を見開いた。

「とても……とても、ありがたいお言葉です。しかし、私はペッパー家の使用人。こちらに残らせていただきます。そして、オーウェン様が戻られたときに最高の料理をお出しできるよう、腕を磨いておきます」

今でさえ、ものすごく美味しい料理を作るのだ。これ以上の腕になったら、もう料理長以外の料理が食べられなくなる。まさに胃袋を掴まれた状態。

「そうですか……。期待しています」

俺の言葉に料理長は静かに頭を下げてから、後ろに下がった。そして、すれ違いにカザリーナ先生が近づいてきた。

「オーウェン様。私はあなたに魔法を教えることができて、本当に良かったです」

カザリーナ先生は俺をぎゅっと抱きしめる。彼女からいい匂いがしてきた。

「もっと前からあなたに出会い、守ってあげたかった」

もっと、早く出会っていたら、オーウェンが先生を追い出していただろう。だから、あれが最も良いタイミングだった。

「……ありがとうございます。カザリーナ先生が僕の先生で本当に良かったです」

先生が来てくれたことに、心から感謝している。他の人だったら、こんなにも心を許せなかった気がする。

カザリーナ先生は他の使用人と違って、期限付きでここに来てくれている。だから、今、別れたら次会うのがいつかわからない。

「オーウェン様はずっと、私を先生と呼んでくれましたね」

「先生のことを尊敬していますから。カザリーナ先生は最高の先生です！　先生に出会えた僕は幸せ者です」

カザリーナ先生が俺を抱きしめる力を強くする。

「あなたは私の大事な生徒です。これから、たくさんのことを経験するでしょう。辛いことがあるかもしれません。……ですが、忘れないでください。……私はいつでもあなたの味方です」

先生の肩が震えている。先生と過ごした2年と半年という期間は楽しく、あっという間だった。

そして——大事なことをたくさん教えてもらった。

「はい……」

先生は俺を放すと、優しく頭を撫でてくれた。真っ赤になった目で笑いかけてくれた。……綺麗な人だ。

外見ではなく、心の話だ。嫌われ者の俺に愛情を注いでくれた。優しく接してくれた。

先生と過ごした日々は本当に大切な思い出だ。——カザリーナ先生。本当にありがとう。

「いってきます」

「はい。いってらっしゃい」

こうして、俺は多くの人に見送られ、ペッパー家を出発した。

第二幕

道中で特に問題が発生することなく、無事、王都にたどり着いた。

正門を通って王都の中に入る。整然と建物が立ち並んでおり、外観が美しく保たれている。旅行に来たようなワクワク感を胸に、馬車の中から街中を見渡す。レンガ建ての建物が立ち並ぶ町並みは、ヨーロッパの古い町並みを彷彿させる。

そうして外を眺めているうちに、いつの間にか学園の近くまで来ていた。

馬車で来ている人が多いため、門の前で多くの馬車が順番を待っている。俺の乗っている馬車も最後列に並び、順番を待つことになった。

しばらく待機していると、後ろから何やら騒々しい声が聞こえてきた。

「なぜ、こんなに待たせるのだ！　早くしろ！　俺は侯爵家の人間だぞ！」

少年が周りの迷惑も考えずに喚き散らしている。

「おい！　聞いているのか!?　早く俺を通せ！」

日本にも人の気持ちを考えず、車のクラクションを鳴らす人がいたな。

ああいう人間と関わってもいいことがない。前世では煽り運転でトラブルになったってニュースをよく耳にした。

注意したところで、罵られ追いかけられるのがオチだ。無難に黙っておこう。

と、考えているときだ。

「ここでは爵位は関係ありません。静かにしてください」

幼さを残した声の少女が喚き散らす少年を注意した。

勇気ある人がいるもんだな、と興味本位で覗いてみると、純白の衣装に身を包んでいる少女が立っていた。

白銀の髪と相まって、浮世離れした雰囲気を放っている。

「あん……？　誰だ、お前」

「私（わたくし）はファーレン・アントネリです」

「アントネリ？　ふん、知らんな。どこの貴族だ？」

「貴族ではありません」

「貴族ではないお前が、侯爵の俺に歯向かうってか？」

「先程も申しましたように、この学園では身分は関係ありません。――実力が全てです」

「うるさいやつだな！　実力が全て？　それなら俺の実力を見せてやろう！」

そう言って、少年はファーレンに右手の掌（てのひら）を向け、攻撃態勢に入った。こいつ、こんなところで魔法をぶっ放す気か？

さすがに、それはやばいだろう。傍観していようと思っていたが、いつでも魔法を放てるように右手に魔力を込めた。

「何をするつもりです……」

「何って？　決まってるだろう。魔法を使って実力を見せてやるよ！　――炎弾！」

少年の手から放たれた魔法が、真っ直ぐに少女へと飛んでいく。

「火球！」

同じタイミングで俺は少年の放った炎弾を相殺するように魔法を放った。

ファーレンの目前で火球と炎弾がぶつかり合い消えていった。そして、俺は馬車から降りて、ファーレンに声をかける。

「大丈夫か……？」

「はい。ありがとうございます」

彼女は非常に整った顔立ちをしていた。色素が抜けたような白い肌と、吸い込まれるような黒い瞳が印象的だ。

その腕には銀色のブレスレットが見える。

「誰だ！　お前は⁉」

ファーレンに見惚れていて、一瞬、少年の存在を忘れていた。まあ、野郎よりも美少女に関心が行くのは当然だよな。

しぶしぶ彼の方を向いて、質問に答える。

「俺はオーウェン・ペッパー」

「ふん、落ち目のペッパー家か。俺に盾突くとはいい度胸だな」

お前が誰かは知らんし、盾突いてもいない。ただ、危ないことしているから止めただけだ。

「火遊びは良くないよ」

「俺の炎弾を……火遊びだと？」

「火遊びじゃないっていうならなんだ？　本気で彼女を傷つけようとしたとでも？」

「平民がどうなろうと俺の知ったことではない！」

「平民とか貴族とか関係ない。この学園で一緒に学ぶ仲だろ」

「一緒に学ぶ？　馬鹿馬鹿しい。平民と同じ空気を吸うだけで吐き気がする！」

と、そのときだ。

「お前たち！　そこで何をしている！」

騒がしいことに気づいたのか、背の高い女性が近づいてきた。

「お前、誰だ⁉　……って、三ツ星？　なぜ、こんなところに……」

三ツ星だと⁉　と少年同様、俺も驚愕して女性を見る。

女性の胸には、三ツ星が刻まれたバッチがあった。三ツ星は魔法使いの最高位であり、現在、この国にわずかしかいない国家最高峰の魔法使いの証。

「なぜ、と言われてもな。サンザール学園で教師を務めることになったのだ。――そんなことより、お前たち。あまり騒ぐな。迷惑だ」

「ふんっ！」

少年は鼻を鳴らした。それに対し、俺とファーレンは素直に謝った。

「入学前から騒ぎを起こすなよ」

そう言って教師の女性は少年を軽く睨んだ。

「はいはい、わかりましたよ」

少年は気のない返事をして、そっぽを向いた。

その後は特に問題もなく学園に入ることができた。

学園の中は思いの外、広かった。そこだけで小さな町ができているようだ。

学び舎や寮だけでなく、商業エリアもあり、簡単な買い物なら学園内で済ませることができる。

また、サンザール学園には初等部、中等部、高等部がある。初等部に3年間、中等部に3年間、高等部に2年間の最長8年間在籍が可能だ。俺が高等部を卒業する頃には18歳になっている。

学園内は徒歩での移動のため、俺は歩いて寮に向かった。

今から暮らす部屋は10畳ほどの1人部屋だった。貴族目線では狭いと感じるが、前世ではこのぐらいの部屋に住んでいたのだ。学園に頼み込めば変更してもらえるが、この広さで問題ない。

ちなみに、一人暮らしに不安がある場合、上級生と同じ部屋にしてもらうか、実家から使用人を連れてくることができる。もちろん、俺は1人で大丈夫だけど。

「今日から学園生活がスタートか……」

学生をやることは二度とないと思っていた。大人になってから、あの頃は良かったと感じることが多々あり……そんな時間をもう一度過ごせる。

俺はこれからの生活に期待を膨らませた。


入学式当日になった。

学園から支給された制服に身を包み式典に臨（のぞ）んだ。ちなみに制服は夏用と冬用それぞれあり、今着ているのは冬用の制服だ。

白シャツの上に紺色のブレザーという出で立ちだ。襟のところに一本の線が入っており、学園が上がると本数が増える。

式典は、学園長の式辞や高等部生徒会長の歓迎の言葉など、日本の入学式とほとんど変わらなかった。式典が終わったあと、振り分けられた自分のクラス——Aクラスに向かう。

教室に入ると、既に大勢の生徒がいた。席は各個人指定されており、それぞれの生徒に椅子と机が用意されている。その中から、自分の席を見つけ座った瞬間、

「オーウェン、久しぶりね」

ナタリーに声をかけられた。半年ぶりに会う彼女は相変わらず可愛い。むしろ可愛さが増している？　そんなことはないか……。

「久しぶり」

「あれ？　少し痩せた？」

「まあね。かっこよくなっただろ？」

「そんなに変わらないわ……」

俺が冗談めかして言うと、そっけない態度を取られた。

「そ、そうか……ところで、元気にしてたか？」

ちょっぴり傷つく俺。めげないぞ！

「いいえ……。退屈だったわ。やっぱりオーウェンがいないとつまらないわ」

「そんなことないだろ……」

「あの夜が忘れられないもの」

「おいおい、誤解されることを言うなよ」

クラスの何人かがぎょっとした目で俺たちを見てきた。俺もぎょっとした目でナタリーを見た。

「誤解……？　どこをどう誤解しているのかしら？」

ナタリーはクスクスと笑う。こいつ、わかってやってるな。

私には公爵家としての責任があるのよ、とか言っていたやつとは思えない。将来、男を手玉に取る魔性の女になりそうで心配だ。

「お前なぁ……」

ため息をついたあと、

「それより、同じクラスになれて良かったよ」

「当たり前じゃない」

「当たり前って……？」

「この学園は実力主義ってことは理解しているわよね？」

「まあ、それぐらいは」

AからDクラスまであり、Aクラスから順に成績が良い者が振り分けられていく。

特に魔法の成績が重視されるため、他の分野が全然できなくとも、魔法の成績さえ良ければAクラスに入れる。

「1年生の実力をどうやって判断していると思う？　能力測定をやったわけでもないのに」

「魔法の素質がある者、つまり、家の格によって決められてる。そういうわけか」

基本的に爵位が高い貴族の方が魔法の素質がある。魔法の才能はほとんど遺伝で決まるためだ。

もちろん、親に魔法の素質がなくても、突然魔法が使える子が生まれることもある。その逆もしかりだが、能力試験に代わり爵位でクラスを決めたとしても、問題ないということだろう。

例外に関しては2年目から補正していけばいい。

「そういうことよ。これから、8年間よろしくね」

「8年間……？」

「そうよ。私たちがAクラスを落ちることはないから、8年間同じクラスになるの」

随分と、腕に自信があるようだ。俺は周りのレベルを知らないから、そこまで自信を持てない。

自分の強みがあるとすれば、重力魔法が使えることくらいだ。

「Aクラスを落ちないように頑張るよ」

俺がそう言ったタイミングでガラッと教室の扉が開く。

「おお、たくさんいるな。お前ら、とりあえず席につけ」

入ってきたのは、門のところで騒ぎを止めてくれた女教師だ。

「よし、席についたな。それでは、まず自己紹介を始める。私はクリス・クリフォード。知ってるやつもいるかもしれないが、こう見えても三ツ星だ。魔法に関しては、しっかりと教えられると自負している。まずは1年間、よろしく」

クリス先生の自己紹介に教室がざわめく。三ツ星の教師と聞かされて驚いているのだろう。

サンザール学園の教師はレベルが高いと聞くが、それでも三ツ星は異例だ。まさか初等部の1年生クラスにこんなハイスペックな人がつくとは思わなかったのだろう。

「——静かに」

中々収まらない場をクリス先生が収める。

「次はお前たちの自己紹介だ。順番は決めないから自己紹介したいやつからしていけ。ここでは身分は気にしないでもいい。誰からいっても構わんぞ」

自主性を重んじているんだな。日本だと名前順に自己紹介をしていくスタイルが一般的だが、そこは違うようだ。シンと静まり返った教室から、パッと1人の少年が手を挙げた。

「僕からやらせてください」

そう言って立ち上がったのは金髪の美少年だ。彼の周りだけ輝いて見えるのは気のせいだろうか。女子の一部がうっとりした目で少年を見る。

イケメン爆発しろ、と俺は心の中で悪態をつく。

「おっ、さすがは第三王子だ」

すみません、王子様でしたか……。爆発はしないで大丈夫です。だから不敬罪で逮捕しないでください！

「ベルク・リットンです。王族ではありますが、ここでは身分に関係なく接して欲しいです。これから、皆さんと楽しい学園生活を送れることを非常に楽しみにして来ました。どうぞ、よろしくお願いします」

ベルクの挨拶にパチパチと拍手が起こる。そして、次に自己紹介をしたのはファーレンだ。馬車騒動の際に会った彼女も同じクラスだった。

アントネリという家名に聞き覚えはないな、と思っていたら、隣でこそこそと話している声が聞こえてきた。

「ファーレン・アントネリって聖女の名前じゃない？」

「え、うそー、有名人じゃん」

へぇ、聖女か。聖女は聖魔法が使える人物のことを指す。

聖魔法の使い手は非常に少なく、さらに女性しか扱えないため、彼女らは聖女と崇められている。

第三王子に聖女、それに公爵令嬢のナタリーって、このクラス有名人多くない？

ファーレンの自己紹介が終わると、俺はすぐに手を挙げた。最後まで残っているのは恥ずかしいため、早めに終わらせようという魂胆だ。

他に誰も手を挙げていなかったので、俺は立ち上がって自己紹介を始める。

「皆さん、はじめまして。オーウェン・ペッパーです」

そう言うと、周りがざわつき始めた。

――あのペッパー家……？

――落ち目の伯爵家だよな。

――オーウェンは無能って聞いたことがあるぞ。

「君たち、静かに。オーウェンが話せないだろう」

クリス先生がそう言って、生徒を静かにさせる。思った以上にオーウェンの悪い噂は広まっているようだ。

「僕は一流の魔法使いになるためにこの学園に来ました。まだまだ未熟な身ですが、皆さんと切磋琢磨していけたらな、と思っています。どうぞ、よろしくお願いします」

そう言って、ペコリと頭を下げた。ふー、無難に自己紹介が終わったぜ。

――普通にいい人っぽいんだけど……。

――噂と違くないか？

——もっと太っているって聞いたけど案外イケメンじゃない。

何か周りでこそこそ話されている。が、俺は自己紹介が終わった安心感で耳に入ってこなかった。

その後、自己紹介が終わると学園の基本的な生活やルールなどを教えられた。そして、解散となる。ちなみに馬車で騒ぎを起こした少年――ドミニク・シルフィードも一緒のクラスだ。

意外にもドミニクは教室の中では大人しかった。第三王子やナタリーがいるから、そんなに威張れないのだろうな。

ふはははは、小物め！

俺は教室を出ようとしたところナタリーに呼び止められた。

「どこ行くのよ」

「どこって……。寮に戻るんだけど」

「暇なようね。なら私に付き合って」

「まあ、いいけど。何するんだ？」

「——買い物よ」

つまり——デートか！　それなら行くしかない！　俺はウキウキしながらナタリーと教室を出た。

俺たちは学園内にある商業エリアに来ていた。

食事処や服屋だけでなく、魔法に関連したものもたくさん売られている。生徒たちも多数おり、ここが学園街だということを実感させられた。

「で、何買いに来たんだ？」

「特に買うものはないわ。必要なものは実家から持ってきたもの」

「それなら、何しに……？」

「見学よ。これから住むところがどういう場所か知りたいじゃない」

「それもそうだな」

――ということで、特に目的もなく商業エリアをぶらぶらする。学園の敷地内とは思えないくらい、色々な店があった。

「あれが食べたいわ」

ナタリーが指さしたのは焼き鳥の屋台だ。少し離れたところからも芳ばしい香りがする。俺たちは屋台の前まで行って、おばちゃんに声をかけた。

「焼き鳥2本ください」

「あいよ！　あら、可愛いカップルね」

「か、カップルじゃないです！」

ナタリーが慌てて否定する。……そんなに否定しなくてもいいじゃないか。

「ふふふ。あたしにもそういう頃があったわね。羨ましいわ。ねっ、あんた！」

そう言って、隣で鳥を焼いている男性に言った。

「昔のことは覚えとらん」

頑固そうな親父がそう言うと、おばちゃんは快活に笑う。

「楽しんどいてくれ。はい、串だよ。2本で2ペニーね」

この国の貨幣の単位はペニーだ。ただ、イギリスで使われていたものとは違って、1ペニーが

100円のイメージ。実際は前世と今世では諸々の物価が違うが、おおよその値として捉えている。

「ありがとうございます」

俺はお金を渡して串を受け取る。その後、近くの空いたスペースを見つけて座った。

「はいよ」

「お金は？」

「そんなのいいよ」

そう言ってナタリーに串を渡し、俺は焼き鳥にかぶり付く。

「おっ、うまい！」

屋台の焼き鳥はどうしてこんなにうまいのだろう。

「普段食べるものとは全然違うけど、美味しいわ」

公爵家ではさすがに、屋台で出るような焼き鳥は食卓に並ばないだろう。ナタリーはほくほくと美味しそうに焼き鳥を食べている。……という俺も久しぶりの屋台の焼き鳥だ。

うーめーなー。

焼き鳥を食べ終わると、串を屋台に返して歩き始めた。特に目的はないため適当に目につく場所に寄る感じだ。服や魔法道具を見ていたら日が暮れてきた。

「そろそろ帰るか……？」

「そうね。帰りましょ」

と、寮に向かって歩いているときだ。

「オーウェンさんと……ナタリーさん。こんにちは」

声をかけてきたのはファーレンだ。俺とナタリーは同時に「こんにちは」と返す。

「そういえば、ドミニクになんか変なことはされてないか？」

「はい。大丈夫です。その節はどうもありがとうございました」

ファーレンはそう言って、お礼をする。

「その節って……？」

ナタリーに、どういうことよ、と視線で問われる。

「ドミニクに絡まれてたから、ちょっとね」

俺の返答に対し、ナタリーはふぅーんと言って黙った。

「また、なんかあったら言ってね」

「はい。ありがとうございます。では、私はこれで」

そう言って、ファーレンが離れていく。

「ふーん、あなた……。ああいう清廉潔白(せいれんけっぱく)そうな子が好みなのね」

ナタリーは目を細めて聞いてきた。こころなしか、機嫌が悪い。どうしてだ？　俺は何も悪いことはやっていないはず……だよな？

「い、いや、俺の好みってわけでは……」

確かに可愛いが、ど真ん中ストライクってわけじゃない。

「じゃあ、どういう子が好みなの？」

「えーと……考えとく！」

「考えとくって何よ！」

恥ずかしくて言えない。……俺の好みが金髪碧眼なんて。前世では金髪碧眼のアニメキャラが好きだった。ていうか、どはまりしてた。

ナタリーも金髪碧眼なんだよな。ナタリーにはまだ幼さが残っているけど……。本人を前にして、「金髪碧眼が大好きなんです」なんて……そんなの恥ずかしくて言えるはずがない。俺は笑ってその場をしのいだ。

入学式から2週間が経過し、そろそろ学園生活にも慣れてきた頃だ。

「今日は魔力制御に関しての授業を行う」

クリス先生による授業が始まった。

初等部が保有する訓練所で、Aクラスの面々とともにクリス先生の話を聞く。

「魔法に四大特性がある。火、水、土、風がそれに当てはまるが、なぜ四大特性と呼ばれるかわかるは者いるか?」

「想像しやすいからです」

ベルクが答えると、

「その通り。――魔法とは想像に依るところが大きく、身近にあるものの方が具現化しやすい。私が氷魔法を使えるのも、雪国出身で氷の冷たさを知っているからだ。ここまでは皆知っている内容だな。さて、ここからが本題で魔力制御についてだ」

クリス先生は続ける。

「魔力制御は、自身の魔力を動かすこと全般を指す。つまり、ここにいるやつらは少なからず魔力制御ができるわけだ。そして、魔力制御を極めると、離れた場所であっても魔法を発動できる。これは一般的に遠距離魔法と呼ばれている」

「そんなのやる意味ないだろ」

近くにいたドミニクが不満を顔に表しながらぼそっと呟いた。

その言葉を耳聡く聞いたクリス先生は、ドミニクの方を向いて、

「確かに、この学園では遠距離魔法は評価されていない。遠距離魔法は難易度が高い割に、効果が薄いと思われているからな。だが、実際に使いものにならないと誰が決めた？　少なくとも私は有用だと思っている――いでよ、氷塊」

クリス先生は自身から、５メートル先の空間――ちょうどドミニクの真上に直径30センチ程度の氷塊を出現させた。

「な、な……！」

「砕けろ」

氷塊は綺麗に砕け、生徒の頭に粒子として降り注ぐ。ドミニクはびっくりし、腰を抜かした。

ちなみに、先生は遠距離魔法を半魔力状態で発動した。

魔力の状態は全魔力、半魔力、生成物と３つの状態がある。半魔力状態とは、魔力と生成物が入り混じった状態だ。

この状態では、生成物に魔力が込められているため使用者は生成物を制御できる。

例えば、クリス先生が空中で氷塊を止めていたように、魔力を含んだものは使用者本人の制御下にある。

「今のように遠距離の攻撃手段があれば、攻撃にバリエーションが生まれる。もし、私の手や足からしか魔法が使えないなら、私との直線上に障壁を張るか、私にさえ意識を向けていれば良い。だが突然、上空から氷塊が降ってきたらどうする？　上にも注意を向けなければならんよな。遠距離魔法が使える者と使えない者では、そういった差がある」

確かにそうだよな、と俺は頷く。

「ちなみに私の知り合いには数十メートル先の魔力でさえ自由自在に操れる者がいる。そこまでなれとは言わんが、魔力制御を覚えておいて損はない」

そういえば、カザリーナ先生も遠く離れたところから魔法を使っていた。

あれ、相当距離あったよな？　私にはこれぐらいしかありませんからと言っていたが凄いことだ。

「では、各自得意な魔法を使って遠距離魔法を練習するように。何か質問があればいつでも聞きに来ていいぞ」

クリス先生がそういうと、生徒たちはお互い距離を取って、遠距離魔法の練習を始めた。俺はしばらく魔力制御をやったが、中々上手くいかない。

クリス先生にコツを教えてもらおうとしたが、列ができていた。ちょっ……。順番待ちするのは面倒だな。

誰か……何か教えてくれないかなーっと考えていると、暇そうにしているベルクを発見。

「ベルクは遠距離魔法が得意そうだよな。身体強化が使えるし」

ベルクは普段、女子に囲まれていて話しかけにくいが、魔法の授業中1人でいることが多い。別にハーレムが羨ましいと思ってない。……ほんとだぞ？

「魔法は使えないんだ。僕には魔法の才能がないから」

「才能がないなんて、冗談言うなよ」

まだ、2週間だがベルクがとんでもなく強いことはわかっている。

「本当だよ」

「でも、身体強化が……。そうか……あれは魔法じゃないんだな」

身体強化は体内で高速に魔力を循環させることで体を強化する技だ。

これに関しては、『魔法とは想像を具現化するもの』という概念が適用されない。いかに魔力循環を高速にするかで、身体強化の強さが変わってくる。

原理は簡単なものの、身体強化は非常に難しい技術の1つだ。魔力を動かすには集中力がいり、少しでも制御を誤れば魔力が体に悪影響を及ぼす。

それを常に維持しながら戦うのがいかに難しいことかは、少しでも魔力を持っている者ならわかる。ちなみに俺は身体強化だけならできるが、戦闘では上手く使えない。

「魔法が使えないって……魔力量が少ないってわけじゃないよな？」

そもそも、身体強化を常時発動するには、それなりの魔力が必要になる。魔力は動かすだけで、消費される。銅線に電流を流すだけで、熱として消費されるのに似ている。

だから、ベルクの魔力量が少ないとは考えにくい。

「どうしてかは僕もわからない。でも――だからこそ、身体強化を極めるしかなかった」

ベルクの告白に対し、

「そうか……。それは……大変だったな」

ありきたりな言葉を返すことしかできなかった。第三王子という立場で魔法が使えない。それは魔法至上主義のこの国において、相当辛い立場だったはずだ。

「確かに、大変な時期もあったけど、もう大丈夫。尊敬できる師匠にも出会えたことだしね」

「……そっか。俺もわかるよ」

カザリーナ先生がいたからこそ、今の俺がいるようなものだ。尊敬できる存在って大事だよな。

うんうん、と頷いたあと、ベルクの邪魔をしないようにその場を離れる。

……クリス先生は、まだ空いていないようだ。仕方ない。1人でやるか。

まずは、右手に魔力を込める。ここまでは、何度もやったことがあるが問題はここからだ。

魔力を外に出した瞬間、一気に魔力が重くなったように感じた。これが遠距離魔法の難しさだ。

体内と空気中では、魔力操作のしやすさが段違いになる。魔力を体から50センチほど漂わせたところで、ギブアップした。

「あー、難しい！」

そのあと、何度か魔力を放出したが、魔力は中々思い通りに動いてくれない。

こんなのやってられるか！　とつい弱音を吐きたくなる。

そして、何度目かのチャレンジで、

「火球」

自分から50センチほど離れたところで魔法を発動させることができた。だが、ぼわっとマッチの火程度の火球が現れ、一瞬で消えた。

ふー。これだけで一苦労だぜ。その後も先生が空いている隙を見つけられなかったため、仕方なく1人で練習をしていたら、いつの間にか授業が終わっていた。

　そして、昼食を挟んでからの午後の授業。

　スクワード先生だ。メガネをかけたインテリ系の人で真面目そうな印象を受ける。

　ちょっとばかし偏見があるが、いかにも私はエリートですよ、といった感じかな。

「えー、今日は魔物と魔石の授業ですね……。まず……えー、魔物についてです。魔物にはコアとなる魔石がありますが。えー、これは魔道具等に使われる魔石と区別するために魔瘴石（ましょうせき）と呼ばれています……。えー、魔物はこの魔瘴石が変異してなるものですね。ちなみに魔物が発生する瞬間を見たことある人はいますかね？」

　やけに「えー」という枕詞（まくらことば）を使う人だ。本人は意識してないんだろうけど、聞いてる側からすると結構気になる。

　スクワード先生の質問に、生徒たちは一様に首を振った。もちろん、俺も魔物の誕生の瞬間なんて一度も見たことがない。

「えー、あまり、えー見られるものではありませんからね。魔物になる直前の魔瘴石は白い光が脈打つように点滅しますね。えー、そして、その光が徐々に強くなり、最終的には眩い光を出して……えー、魔物になります」

　魔瘴石は魔物の卵という認識で間違いないだろう。魔瘴石がたくさんあるところに行くと、ゲームのように魔物がぽんぽん湧いてくるのかな？　それはちょっと怖いかも。

「えー、魔石と……えー魔瘴石の大きな違いは純度ですね。魔道具に使われるような……えー、魔石は、純度が高く透明な色をしています。それに対し、えー、魔物の核となる魔瘴石は、えー……白く濁った色をしていることが多いですね。では……えー、ここで質問です。なぜ、魔瘴石は濁った色をしているのでしょうか」

スクワード先生の言葉に、ナタリーとベルクが同時に手を挙げた。ふたりともやる気があっていいことだ。

俺だってやる気はあるからな！　単純に答えがわからないだけだ！

「えー、ではナタリーさん。お願いします」

指名されたナタリーは「はい」と言って立ち上がった。

「もともと透明だった魔石に瘴気が入り込むことで濁った色の魔瘴石ができます。特にこの現象は純度が低い魔石に起こりやすいです」

「すばらしい。まさに模範解答ですね。えー、ではナタリーさん。座ってください」

ナタリーはスクワード先生に促されて座る。

「えー、今の回答の通り、……えー、純度が低い魔石は瘴気がたまりやすくなっています。そして、魔石に瘴気がたまることで魔瘴石になり、それが魔物へと変化しますね」

「スクワード先生。質問よろしいでしょうか」

ベルクがすっと手を挙げた。スクワード先生が「えー、どうぞ」と質問を促すと、ベルクは立ち上がる。

「間違って魔瘴石を王都に運んでしまったら、魔瘴石が魔物になって危なくないでしょうか？」

ベルクの質問に対して、

「良い質問ですね……。えー、全く危険がないとは言い切れませんね。放置された魔障石が魔物になった事例もありますので……。なので、魔石は慎重に扱う必要があります。」

「もう1つ質問があります」

「えー……どうぞ」

「魔物が死んだあとに取れる魔障石が、再び魔物に戻ることはないのですか？」

「……えー、それはありませんね。一度、魔物になったあとの魔障石にほとんど魔力は残されていません。えー、魔力が込められていない魔障石というのは、言ってしまえばただの石ころと同じですね」

「では、魔物を倒したあと、魔障石は放置しても構わないってことでしょうか？」

「その通りですね。いずれ、えー、魔力や瘴気もなくなりますので何も問題ありません」

ベルクは納得した表情で頷く。

「他に質問がありますか？」

「はい！」

と、俺は右腕を勢い良く挙げる。

「どうぞ、オーウェン君」

「魔石はどの辺で採れますか？　それと魔石を取る専門の人っていますか？」

魔石はそれなりの値段で取引されている……と聞いたことがある。魔石をたくさん採ってきて、ウハウハできないのかなーって思って聞いてみた。

「えー、この辺りでは、ヨクゾラの大森林ですね。あそこの奥深くでは魔石が採れますね。それと、魔石を採取する専門の人たちはいますよ……。えー、魔石は市場では高値で取引されるため……えー、腕の立つ魔法使いが採りにいっています。そんな彼らはハンターと呼ばれています。ただし、魔石の近くには強力な魔物がいるため、ハイリスクハイリターンですね」

おお、ハンターか。かっこいいな。ロマンがある。

「ただ、腕の立つ魔法使いなら、魔石を採りに行くよりも国に尽くす方が安定しています。えー、リスクを取って魔石を採取するよりも、その実力を活かして国で良い仕事を見つけることをオススメしますすね」

スクワード先生は釘を刺すように言った。……ハンターを目指すつもりはないけどね。実家を継ぐ必要があるわけだし。

もし、何もしがらみがなければ、ハンターを目指すのもありだったかもしれん。俺がお礼を言うと、先生は授業を続けた。

「えー、では、次に魔石の使用方法について説明しますね。えー、魔石は普段、エネルギー源として使われますね」

スクワード先生はポケットから1つの魔石を取り出した。

「これが……えー、何も加工されていない魔石になります。魔道具の開発には魔石は欠かせないものですね。えー、魔道具に使用する魔石は、この状態では使えません。溶かして液状にしたり、粉々に砕いたりして使いますね。えー……今日のメインテーマは魔道具についてではないので、このことは省略しますね。えーもし……えー、聞きたい人がいれば授業後に聞きに来てくださいね」

スクワード先生の話は続く。

「えー、では魔石からどうやって魔力を取り出すか、について説明しますね。えー……魔石はいざというときのための予備魔力として役立ちます。魔石からエネルギーを取り出すには、魔石に自分の魔力を込めておく必要がありますね」

魔力がなくなったときのために、魔石を持っておくのは非常に大切なことだ。魔法使いは魔力が全て。

実際、戦闘中に魔力が枯渇したらやばい。……何もできなくなる。魔力量に自信のない魔法使いは、自分の魔力が込められた魔石をいくつか持っていると聞く。

「魔石って最初から魔力があるもののことじゃないですか？　そんなところに魔力を込められるんですか？」

生徒の1人が質問する。

「……えー、その通りですね。魔石には最初から魔力が内包されていますね。ここに自分の魔力を注ぐことは、水が満タンに入った容器にむりやり液体を注ぎ込むようなものですね。加えて、えー、魔石に魔力を込めるときは一度にやらないといけません。ちなみに、魔石に内包されている魔力と人の魔力の割合は8対2がベストです。えー、……これを上回ったり、下回ったりしますと、取り出すときのエネルギー効率が下がります」

スクワード先生は続ける。

「魔石ほとんどはもともと純度が高く、魔力を込められる余裕がほとんどないです。そこに、むりやり自分の魔力を入れるわけですから、それ相応の技術がいりますね」

「うへー。案外、魔石って使い勝手悪いんだな」

質問した男子生徒はがっくりと肩を落とした。

「えー。しっかりと使い方を覚えれば便利ですね。魔力を込めたら、ようやく自分専用の魔石ができます。例えば、これですね」

スクワード先生はポケットから緑色の魔石を取り出す。

「人の魔力が込められた魔石は色が変わります。えー、魔石の色はその人の魔力特性によって異なりますので、世界で唯一の魔石ができます。えー、今日は、小さな魔石を用意しました。これを使って皆さんも自分の魔石を作ってみましょう」

俺は渡された魔石を見る。サイズはかなり小さく、直径1センチにも満たない。

「魔力を込めるときのコツは、ぎゅうぎゅうに押し込むことですね。えー、では、始めてください」

もらった魔石に魔力を込めるが中々魔力が行き届かない。油が水を弾くように、魔石が魔力を受け入れてくれない感じがする。

スクワード先生の言っていたように魔力を強め、魔石にむりやり魔力を込めようとした。そして、しばらく魔力を込めていたが、手応えを掴めずに終わった。

色はほとんど変化せず、透明だったのが少し濁った程度だ。……難しいな。

その後、他の魔石を使って何度か試したが、結果は大して変わらなかった。


学園に来てから1ヵ月が経ち、その間、基本的にナタリーと行動をともにしていた。残念なことにクラスメートからは遠巻きにされている。

悪名高いペッパー家の跡取り息子だから仕方ない。唯一接してくれるナタリーに感謝しないとな。

ただ、ナタリーの評価が下がるのは良くないと考え、

「俺とばっかり、一緒にいてもいいのか？」

と聞いてみた。

「全然構わないわ」

「でも、ナタリーまで悪い噂が立つのは……」

「言いたい人に言わせておけばいいのよ」

と言ってくれた。なんて優しい子だ！　ナタリー、ありがとう。

彼女のおかげで学園生活に不満はない。もし不満を挙げるとすれば、ご飯が美味しくないことだ。料理長の美味しいご飯に慣れてしまったせいで、舌が肥えてしまっている。貴族が多く通うということで、それなりの料理人が作っているとのことだが、料理長には敵わないな。

やはり、料理長の存在が惜しい。なんとしてでも連れてくるべきだった。

そうして、学園生活を満喫していたときだ。

「来週から武闘会がある」

クリス先生が俺たちに向かって言った。

――武闘会。

それは学園における一大イベントだ。

サンザール学園の生徒同士で試合を行い優劣を競う。普段は立ち入りが制限されている学園も、武闘会期間中は一般の人でも入れるようになる。

そのため、毎年多くの人で賑わう。

ちなみに初等部、中等部、高等部で試合の形式が異なる。初等部の場合、3人1組でチームを組んでのチーム戦を行う。

ちなみに中等部や高等部は個人戦だ。これは伝統的にそう決められているというもので、明確な理由はわからない。

案外、適当な理由かもな。

1年生から1組、2年生から2組、3年生から5組の計8組によるトーナメント形式だ。初等部の学生が勝ち進むことはめったにないため、ここで一勝でもすると大きな盛り上がりを見せる。だが、あくまでも3年生同士の戦いがメインとなる。

「毎年、1年生はAクラスから1組出すことになるが、今回は私の独断で決めさせてもらった」

クリス先生がそう言うと、教室が緊張感に包まれる。前世でいう小学校の運動会とはわけが違う。武闘会は、生徒が実力を示す絶好の機会だ。何より、武闘会に出場すること自体が誉(ほま)れとなる。そこに出たいと思うのは当然のことだろう。

まあ、初等部の試合は、そこまで注目を浴びていないが。特に1年生は実力だめしのところが大きく、一回戦でも勝てれば良いと見られている。

クリス先生は教室全体を見渡す。そして、一呼吸おいてから参加者を発表した。

「ベルク、ナタリー、オーウェンの3人だ」

クリス先生の言葉に一瞬、俺はキョトンとする。俺が選ばれたのか？　ベルクとナタリーが選ばれる理由はわかる。

彼らは家柄も実力も申し分ない。それに対し、俺は選ばれるだけの理由がない気がする。

「クリス先生！　納得できません！　なぜ、オーウェンなのですか⁉」

そう言ったのはドミニクだった。他の生徒も俺が選ばれたことに、疑問を抱いているのが伝わってくる。

「ほう？　私の目が節穴だと言いたいのか？」

「そういうわけで……ただ……納得できません！」

「オーウェンが選ばれて自分が選ばれないのが納得できない。——そういうことだな？」

「……そうです」

ドミニクがしぶしぶ答えると、クリス先生が「うむ」と満足そうに頷く。

「まあ、お前の主張もわかる。それなら、こうしよう。オーウェンとドミニクで模擬戦をする。その結果、勝った方を武闘会に参加させよう」

確かに、戦った結果ならお互い納得できる。俺とドミニクはその意見に賛成の意を示した。

クリス先生がどういう意図で俺を選んだかはわからない。だけど、やるからには全力で参戦権を勝ち取ってやる。

初等部の訓練所を借りて、模擬戦を行うことになった。ルールは簡単。相手が降参するか、クリス先生が勝負ありと判断するか、だ。

俺はドミニクと向かい合って、試合の合図を待った。

「ふんっ。無能のお前がなぜ選ばれたのかはわからんが、勝つのは俺だ！　目に物見せてやる！」

「そういう強い言葉、あまり使わない方がいいよ」

ときに、自分が吐いた言葉によって、苦しめられることもあるからだ。記憶を取り戻す前の俺がそうだったように。

「うるせぇ！　ぶっ殺してやる！」

「2人とも。言い争いは止めろ。文句があるなら拳で語り合え」

クリス先生は少年漫画に出てくるキャラのような、カッコイイセリフを吐く。男らしいし、そういうセリフが本当に様になる。

「位置についたな」

彼女は俺とドミニクが距離を取って向かい合っているのを確認すると、

「では、はじめ！」

勝負開始を宣言した。

その声と同時にドミニクが、

「炎弾」

魔法を放ってきた。俺は迫りくる炎弾に対して、右手を向けて迎撃の姿勢を取る。

「大火球……！」

火球は炎弾をのみ込んで、ドミニクに襲いかかった。

「火の壁！　俺を守れ！」

ドミニクの作り出した壁によって大火球を防がれた。ドミニクは火魔法が得意だ。

そして――俺も火魔法が得意だ。重力魔法も使えるが、あれは使い勝手が悪い。

特に、空を飛んでいるときは、重力魔法を使用しているせいで他の魔法が使えなくなる。狙ってくださいと言っているようなものだ。

俺が持つ攻撃手段として最も有用なのは火魔法――火魔法使い同士の戦いか。負けられんな。

「本物の火魔法を見せてやる。――イフリートよ、灼熱(しゃくねつ)をもって、敵を殲滅(せんめつ)せよ」

魔法とは想像だ。俺が思い描いたのは、前世のとあるRPGに出てきたイフリートの化身。体中に炎をまとわせ、鬼のような風貌の野獣だ。イフリートが敵を殲滅する際に放つ魔法を想像した。

灼熱の炎がドミニクを襲う。

「な、な、なんだ――その威力は!?」

ドミニクが焦った雰囲気を出し、防御魔法も使おうとせず慌てだした。あれ？　ミスったかな？

まさか、ドミニクがあそこまで慌てるとは思わなかった。

と、火炎がまさにドミニクをのみ込もうとしているときだ。

「――凍(い)てつけ」

クリス先生が氷魔法を発動した。氷はまるで意思を持っているかのように、炎へ向かっていく。

――ドガアァアァアァン！

氷と炎がぶつかり合い、音が爆発したように辺り一帯に広がった。俺の放った炎は消え去り、高温で熱せられた氷が水蒸気となり周囲に霧を作り出す。

さすが、【氷結の悪魔】と呼ばれるクリス先生だ。いとも簡単に俺の魔法を打ち消した。

霧が晴れると、腰を抜かして座り込むドミニクがいた。それを確認したクリス先生は右手を挙げ、

「勝者、オーウェン・ペッパー！」

と、叫んだことで模擬戦は終了となった。思ったよりも、あっけなく勝ったようだ。

「オーウェンが武闘会に参加することに対し、文句のあるやつは他にいるか？　だったら今この場

で勝負させてやる」

クリス先生は生徒を見渡す。だが、それに対して反応する者はいない。……というより、みんなポカァンと口を開けていた。

「では、オーウェンを武闘会参加者とする！」

こうして俺は武闘会に出場することになった。

「……オーウェン・ペッパーか」

クリスは先程の模擬戦を思い出し、ひとりごちる。

ペッパー家といえば落ち目という話であったが、既にその情報は古い。オーウェン・ペッパーの才能に気づいている者たちが一定数いる。

例えばラルフ・アルデラート。

ナタリーの誕生日会でオーウェンが飛行魔法を使ったことで、ラルフは彼の有用性に気がついたようだ。そして、娘を使った囲い込みを始めたのだ。

「ナタリーは囲い込みのために近づいているわけじゃ、なさそうだけどな」

才能ある魔法使いをどれだけ抱えているかが、貴族社会では重要なステータスとなる。そして、何より優秀な魔法使いは一般の兵士何十人分という戦力になる。

クリスも多くの貴族にすり寄られてきたが、全て無視してきた。時折、強く言い寄ってくる者がいるが、それは力で黙らせることができる。

魔法至上主義のこの国では、三ツ星の発言権は大きい。

才能ある魔法使いはそれだけ貴重ということだ。他にもオーウェンの才能に気づいている者はたくさんいる。

だが、彼らに先んじて、いち早くオーウェンの才能に気づいたのはクリスだ。

クリスはカザリーナと旧知の仲である。学生の頃に魔法を競い合っていたライバルとも言える。

クリスは魔力制御においてカザリーナに及ばない。

最高峰の三ツ星魔法使いであるクリスに、魔法制御で敵わないと言わしめるのだ。

カザリーナの能力の高さがわかるだろう。その能力に反して、魔法の成績は良くなかった。

なぜなら、彼女は魔力量が圧倒的に少なかったからだ。それこそ入学すら危ぶまれるほどに。

当時の魔法の成績の判断基準は、簡単に言えばいかに強力な魔法が使えるか、だ。もちろん他にも項目はあるが、魔力量が少ないというのは明らかなマイナス要素であった。

もし、カザリーナに魔力があれば、とんでもない魔法使いになっていただろう。そして、魔力量の少なさから王都では良い職にありつけなかった。

「私に頼めば、いくらでも仕事を紹介してやったのにな」

しかし、ライバルのクリスからの紹介は、己の信念に反するとカザリーナは考えたようで、あっさりと断られた。

「そういうところが頑固なんだよ」

そうして、学園を卒業してからしばらく経つと、カザリーナがオーウェンの家庭教師になったと耳にした。そこで初めて、クリスはオーウェンのことを知ったのだ。

話に聞くだけで、オーウェンが恐ろしいほどの才能の持ち主だと感じていた。

だが――実際は予想よりも上だった。

「あれほどの高威力の魔法を1年生の段階で使えるのか……」

思い返すのは、先程の模擬戦でオーウェンが最後に放った魔法。学園を卒業する子でも、あの威力の魔法を扱える子は少ない。――本当に凄まじい子が来たものだ。

さらには第三王子、ナタリー、聖女など、今年の1年は濃いメンバーが揃っている。これはもう、普通の教師では手に負えない。

「さすがに、こいつらの指導を下手な人材には任せられない、か。学園長の言い分もよくわかる。だから、私に話が来たのだろう」

今年のAクラスのメンバーは、三ツ星魔法使いでないと教育を任せられないほどに、突出した才能が集まっているのだ。

「これは責任重大だな」

クリスは誰にともなく、そう呟いた。

◇◇◇

武闘会の当日、学園はたくさんの人で賑わっていた。さすがは、国内最大規模の学園であるサンザール学園だ。集客力がある。

武闘会は3日間にわたって行われ、その間、大勢の観客が訪れる。初等部は初日に1、2回戦、2日目に決勝戦がある。中等部や高等部の前座というところらしい。

試合はコロッセオのような円形の舞台で行われる。約3万人も収容できる学園最大の闘技場だ。

選手である俺は、実際に試合をする舞台に立ち代表選手の宣誓を聞いていた。そして、宣誓が終わると、

「それでは、第52回、サンザール学園武闘会を始める！」

学園長による宣言と同時に、会場の至るところから空に向かって魔法が放たれた。それらが上空で爆発し艶やかな色を放つ。まるで花火のようだ。

こうして武闘会は幕を開けた。

開会式が終わると、俺はベルクやナタリーと控室で待機することになった。初等部の試合は最初に行われる。そして、俺たちの対戦相手は3年生だ。

「1年生が勝ち進むことはほとんどないし、胸を借りるつもりで行くか」

俺がそう言うと、ナタリーが反論してきた。

「何言ってるの？　優勝以外ありえないわ」

「そうだね……。きっと優勝できる」

ベルクまでナタリーの発言に同意した。

「武闘会始まって以来、1年生が優勝したことは数えるほどしかない。そんな簡単にいくか——？」

突出した才能を持つ者が、上級生を打ち倒すことはよくある。だけど、チーム戦のため、1人の天才だけでは勝ちあがれないようになっている。

「でも、僕たちなら優勝できる」

ベルクは確信をもっているようだった。

「なんで、そう断言できる？」

「今の先輩たちはそんなに強くない。確か……生徒会長は強いらしいけど、他は警戒するほどでもない」

「そうよ、オーウェン。弱気になってどうするの？　大丈夫。私たちは強い」

そう言われてもなぁ……。俺が今まで戦ったことがあるのは、カザリーナ先生とドミニクだけだ。

カザリーナ先生は明らかに強かったし、ドミニクは逆に弱かった。参考になる相手がいない。

「それと、なんで俺が大将？」

先鋒、中堅、大将を決めるときにベルクとナタリーは真っ先に俺を大将にした。……大将って柄じゃないぞ。

先鋒、中堅でいい試合をして大将でボロ負けしたらカッコ悪いじゃん。

「オーウェンが一番強いからよ」

「君になら大将を任せられると考えた」

ちなみに先鋒がベルクで中堅がナタリーだ。

「そんなこと言われても、俺なんて……大したことないぞ？」

「何を言っているの？　10歳で飛行魔法使える子供が大したことない？　そんなこと言ったら世の中の人は全員大したことないわ。もっと自分に自信を持って」

それは、前世の知識というチートを使ったまでだ。魔力制御に関してはカザリーナ先生の足元にも及ばない。

それに重力魔法は戦闘ではあまり役に立たない。試合で使えるのは火魔法と土魔法ぐらいだ。他にも使えるが……あれは制御を誤れば大変なことになるため、実戦ではまだ使えない。

「まあ、できる限り頑張ってみるよ」

「そうだね。全力を尽くそう」

ベルクはそう言って、白い歯を覗かせて微笑んだ。

なんで、こいつはこんなにキラキラしているのだろうか。王子様だからか？　ベルクの皮を剥ぎ取れば、キラキラ光る粉が作れそうだ。ちょっと想像してみたが、グロテスクで気持ち悪かった。

「それでは、1年生チームの方、準備をお願いします」

係の人に案内され俺たちは動き出す。そして会場の前に着くと、舞台が盛り上がっているのが伝わってきた。

「では、先鋒の方どうぞ」

「ベルク、頑張れよ」

「うん。勝ってくる」

そう言って、ベルクは舞台に出ていった。ベルクが会場に顔を出すと、盛り上がりがより一層増す——主に黄色い声援だが。

ベルクは人気者なんだな……。顔も良くて、実力もあって王子様。そりゃあ人気があって当然か。

それに対して俺は……悪徳領主の息子で……。まあ、気にしてないけどな！

「それでは1試合目、開始っ！」

魔法道具によって響き渡る実況者の声と同時に、ベルクが動き出した――。

結果はベルクの圧勝。

身体強化と剣技で戦うのが彼の戦闘スタイルだ。身体強化を使いこなし、上級生を圧倒したベルクは天才だ。

「余裕だったな」

「こんなところで負けていられないからね」

ベルクはそう言って、戻ってきた。

「次は私の番ね」

「ナタリーも負けるなよ」

「当たり前よ」

彼女は俺の言葉に頷くと、舞台の上に足を踏み入れた。ナタリーが会場に姿を見せると、さっきとは打って変わって、野太い男どもの声援が聞こえてきた。

ナタリーは美少女だから、応援したくなる気持ちもわかる。だが、野郎どもの声援って嬉しくないだろ……。

そうして始まった試合はナタリーが終始優勢だった。アルデラート家は雷魔法を得意とする一族だ。雷はトップクラスの威力を誇る。

さらに彼女は豊富な魔力量で、相手に攻撃させる暇を与えなかった。そして、彼女は手堅く勝利を収める。

こうして、俺の出番はないまま1回戦が終了。

休憩を挟んで行われた2回戦もベルクとナタリーの2人が危なげなく勝利を収めた。今日の試合はここまで。——残すのは明日の決勝戦だ。

やったな！　決勝戦進出だ！　……でも、待てよ。俺、何もやってなくね？

もし、このまま2人が決勝戦も勝ったら、俺は戦ってもいないのに優勝者になってしまう……。

それはそれで……複雑な気持ちだ。

もちろん、2人には負けて欲しくないが、どうせ武闘会に出場するなら俺も戦いたい。次の試合、先鋒か中堅で出してもらえないかな？

試合直前でなければ、順番を入れ替えることも可能だ。

「次の試合、俺を中堅にしてくれないか？」

「いいわよ。でも——絶対負けないでね」

と、ナタリーは快く承諾してくれた。これで負けたとしても参加者として胸を張れる。負けて……本当に胸を張れるのかって？

戦わない大将よりは、戦って負けた中堅の方がカッコがつくだろうけど。だけど……戦うなら勝ちたいよな。

その後、俺たちは控室で解散し自由行動となった。

今の時間は中等部の試合が行われている。だが、俺は腹が減ったためナタリーと屋台を見て回ることにした。

「そういえば……ナタリーの親は見に来てないのか？」

娘が武闘会に出場するのだから、親なら来ていてもおかしくない。――そういう俺の親は来ていない。

どうせあの人たちは来ないと考えて、誘ってすらいない。

「来てないわ。お父様もお母様もそんなに暇じゃないのよ……」

「ふーん、そんなもんか」

前世では、毎年の運動会で両親に応援してもらっていた。

運動神経が良くなく、子供の頃は来て欲しくないと思っていたが……今、思い返せばいい記憶だ。

そういえば……。両親はどうしているのだろうか。俺は、先に死んでしまった……気がする。

前世での自分の最期――死ぬ直前の記憶は……思い出せない。

きっと、両親は悲しんでいるだろうな。……親孝行してあげられなくてごめん。今の俺がいるのは、オーウェンの両親でなく前世の両親のおかげだ。

もし、もう一度会えるなら、「ありがとう」と一言でもいいから伝えたい。

「辛気臭い顔してどうしたの……？」

おっと、いかんいかん。前世のことを考えても仕方ないな。俺はこの世界で生きている。

ナタリーが心配そうに俺の顔を覗き込んできた。

「辛気臭い顔なんてしてないぞ。至って元気だ！」

「そう。……ならいいけど」

「それより腹減ってないか？　ご飯でも食べよーぜ」

「……ええ、そうね」

食事をするために美味しそうな料理を出している店を探す。だが、昼食の時間を過ぎているにも関わらず、どこの店も人で溢れかえっていた。

「人がいっぱいね」

どこの屋台も行列ができており、結構な時間並ぶ必要がある。

「ずっと探していても仕方ないし、適当に並ぶか」

腹が減って死にそうだ。試合では出番なかったけど、最近よく腹が減るんだよな。俺たちは比較的人が少ない列に並んだ。

列で待っていると前のカップルの会話が聞こえてきた。

「ねえ、今年の1年生すごいらしいよ」

「あー、あれな。第三王子と公爵令嬢ってやつ。ナタリーちゃん可愛かったな」

「はっ？　あんた何言ってんの？　それよりも第三王子よ！　ああいう子好きだわ！」

俺は静かにカップルの話に耳を傾ける。

「……それにしても2人とも強かったな」

「そー、それよ！　3年生相手に勝っちゃったわね！　このまま優勝もあり得るわ！」

「それはどうかな？　生徒会長には勝てってこないって」

「でも、生徒会長が出る前にベルク君とナタリーちゃんが勝って、試合が決まるってのもありえるわ。さっきの試合だと生徒会長は大将だったし！」

「多分……それはない。生徒会長は次の試合で先鋒か中堅になるはずだ。なんたって、1年生チームの大将がオーウェンだし」

「確かにそうね。……大将戦まで行けば勝ったも同然よね。なんでオーウェンなんかが選手に選ばれているのかわかんないけど……明らかに捨て駒よね」

おい、オーウェン……。お前馬鹿にされてるぞ。……って、俺のことか。

「それはあれじゃないか。先鋒と中堅で勝とうっていう作戦で最後の1人は誰でもよかったってことだ、きっと！」

「あはは、確かに！　どうせ勝てないなら、無能なオーウェンでも出しとけって話ね！」

すごい言われようだ。さすがにオーウェンが不憫に思えてくる。——いや、俺のことか。

現実逃避はやめよう。俺の評価はとても低いらしい。

「オーウェンも可哀そうだな。今は大将として威張っていられるだろうが……大勢の前で醜態を晒すことになるんだから」

「どうせ負けるけど惨めに負けないでほしいよね。せっかくの武闘会が台無しになっちゃうわ」

もうやめてくれ……。オーウェンの何が悪いっていうんだ！　ただ、無能でわがままだっただけじゃないか！　……うん、それが悪いんだな。

彼らの言い分は何も間違っていない。と、1人で納得しているときだった。

「ちょっと、あなたたち——。さっきから聞いてれば、随分と好き勝手言ってくれるわね」

ナタリーがものすごい形相で怒っていた。

「あんた誰よ……ってもしかして!?」

女子生徒は振り向いた途端、驚愕の表情を浮かべた。

「ナタリー・アルデラートよ。……あなたたちはオーウェンの何を知っているのかしら？」

「何をって……」

「先程、無能と言っていましたけど……。それは本当のオーウェンを見ての感想かしら？」

「そんなの知らないわ……。でもそういう噂が……」

女子生徒はナタリーの圧力にたじろぎながら答える。

「噂で人を判断しないで頂戴。不愉快だわ」

ナタリーはそう言うと、俺の手を取って並んでいた列を抜け出した。

「あ、え……」

俺は突然のことでびっくりしながら、ナタリーについていく。そのまま、しばらく歩くと、

「なんで、他人がごちゃごちゃ言うのよ！　何も知らないくせに！」

ナタリーは怒りが収まらない表情で言った。

あの二人の話していたオーウェンは噂通りの人物だ。——実際、傲慢で無能な子供。だから、噂そのものは正しい。それに、人ってのは悪い噂の方が好きだ。

誰々が不倫しただとか……。あの人は陰で悪いことをしているだとか……。そういうニュースが現代日本でも飛び交っていた。

そっちの方が視聴率が取れる。——つまり、人々がそういう情報を好んでいるということだ。

「オーウェンは腹が立たないわけ？　あんな酷いこと言われて」

「所詮は噂。……それにナタリーが俺のことをわかってくれているから大丈夫」

「あなたは大人ね……。あああ！　でも、やっぱりムカつくわ！　次の試合で絶対見返して！」

俺はそんなに気にしていなかったが……。ナタリーは俺のために怒ってくれた。

本当に優しい子だよな。

別に俺がどう言われようが、彼女には関係ないはずだ。優しいナタリーのためにも、負けたくないと思った。

「言われっぱなしってのはしゃくに触るし、次の試合は勝つよ」

「──絶対によ！」

「もちろん」

悪い噂のせいで馬鹿にされるのは嬉しいことではない。……俺だって人間なんだ。それに、俺はもう以前のオーウェンでない。──俺は俺だ。

今の俺がどういう人物か見せるいい機会だ。たとえ、相手が噂の生徒会長であっても勝ちに行く。


翌日。舞台の前で待機していた。

今はベルクの試合中。だけど、ベルクの応援より次の自分の試合のことを考えてしまう……。

ベルクはきっと勝つ。2回戦までの戦いでそれを確信している。つまり、俺の試合が大一番になるわけだ。

「あー……。緊張してきた」

いきなり決勝戦の舞台。緊張で喉がカラカラだ。近くにあったコップに水を入れて飲み干す。

大勢の人の前に立つのは得意じゃないんだよ。それでも勝ちに行くと決めた。

馬鹿にされたままは嫌だ……。何より俺を信じてくれるナタリーの期待に応えたい。

「大丈夫よ。オーウェンなら誰が相手だろうと負けはしない」

そう言って彼女は俺の手を握ってくれた。

「ありがとう」

まじでナタリーは天使だと思う。この子が天使じゃなかったら、世の中の天使は全て堕天使だ。

地に落ちて、ナタリーに平伏せろ。……というのは冗談だけど彼女は本当に……天使だ。

そうして待機しているとベルクが勝利を収めて戻ってきた。つまり——俺が勝てば優勝だ。

「オーウェン。絶対勝ってね。——勝って、あなたの実力を見せてきて」

「ああ、任しとけ——行ってくる」

俺は拳を握りしめた。

「それでは、次の試合！　1年生チームは……なんと！　オーウェン・ペッパー！」

実況者の声とともに、俺は舞台に足を踏み入れた。大勢に奇異な視線を向けられている気がする。

——なんだよ、オーウェンかよ。

——あーあ、この試合つまんないわ。

——俺はナタリーちゃんが見たかった。

自分が好意的に見られていないことが伝わってきた。

「オーウェン、頑張れ！」

そんな中、舞台裏からナタリーの応援が聞こえてきた。その一言だけで頑張れる。——他の人にどう思われていようが関係ない。彼女の一言が大きな力になる。

「続きまして、3年生チームからは！　——カイザフ・スタンダード！」

生真面目そうな少年が舞台に姿を現した。カイザフと言えば、初等部最強と言われる男。

――カイザフ、やっちまえ！

――相手が1年だろうが、手加減はいらんぞ！

俺の入場のときとは比べ物にならないほど、大きな声援が彼に送られる。

「まさか、中堅がナタリー君ではないとは。これはやられたね」

「それはどういうことですか？」

「ここで、ナタリー君を倒し、大将戦までもつれ込めば優勝できると踏んだのだよ。……そうか、裏をかかれてしまったわけだ」

「別に裏をかいたわけではないですよ」

大将戦までもつれ込めば勝てると踏んだ……？　馬鹿にするなよ。

「僕は自分が強いと過信しているわけじゃない。でも――ナタリーが期待してくれたんだ。だから、全力であなたを倒します」

俺はカイザフの目を真っ直ぐに見て言った。

「そうか。それならお手柔らかに頼むよ」

カイザフが強いのは最初からわかっている。だけど、簡単に負けてやるつもりはない。いや、負けることを考えちゃダメだ。

俺はナタリーに勝つと約束したんだから。

「それでは、初等部部門！　決勝戦！　第2試合、開始っ！」

開始の合図とともに俺は右手に魔力を込めた。――悠長なことはやってられない。全力で行く！

「火球連弾！」

右手から連続して火球を放った。

「風の渦よ、巻き起これ！」

カイザフの魔法で、全ての火球が消し去られた。

「地獄の火炎！　イフリート！」

詠唱が短いため少し威力は落ちるものの――それでも高威力の魔法だ。出し惜しみなんてしていられない。相手が俺を侮っている間に一気に決める。

灼熱の炎がカイザフを襲った。

「風よ、相殺せよ！」

――ドガァァァァン
風の塊と灼熱の炎がぶつかり、会場全体に轟音が鳴り響き土埃が舞った。不意打ちのつもりで放った魔法を、あそこまで軽々と打ち破るとは……。

さすが……初等部最強。そう簡単には勝たせてくれないらしい。

「オーウェン君。侮ったことを謝罪しよう。――君は強い」

カイザフの雰囲気が変わるのを肌で感じた。カイザフが何かしでかす気だ、と俺はとっさに魔法を放とうとするが、

「風よ！　切り裂く刃となりて、荒れ狂え！」

彼を中心として、会場に嵐が吹き荒れる。そして――離れたところにいる俺に、風の刃が突き刺さった。

――オーウェンが踊ってるぞ！

――いいぞ、いいぞ！　もっと踊れ！　踊りまくれ！

「くそっ……！」

観客は魔法障壁で守られているから、なんともないだろうけど。こっちはいてぇんだよ。

風の刃が四方から容赦なく俺に襲いかかっている。舞台の上に立っているだけで攻撃を食らう。

「なんて……広範囲の魔法だ」

彼は1年生のときから負けなしだと聞いたが、なるほどと納得できる。会場のどこに逃げても風の刃が追ってくる。

「大火球……！」

カイザフ目掛けて放った魔法も彼の周囲にある暴風によって防がれた。その間にも、風の刃で身体中が傷つけられていく。

それなら、最大級の魔法を使ってやるよ。

「イフリートよ！　地獄の火炎をもって敵を殲滅せよ！」

俺の両腕から放たれた火炎がカイザフに向かっていった。だが――、

「防風――！」

カイザフは今発動している魔法の強度を強め、【イフリート】を相殺した。

「く……っ……」

完全詠唱のイフリートを防がれるなんて……。このままではジリ貧だ。何度か攻撃を変えて魔法を撃つものの、どれも風の障壁によって防がれてしまう。

こんなとき、遠距離の魔法を使えれば……。

遠距離での魔法が駄目なら、近くに行くしかない――！

カイザフを囲んでいる風の障壁をむりやり越えようとすれば、体中が引き裂かれるだろう。――それなら風の障壁を通らなければよい。

「――引力解放！」

俺は空に浮かんだ。風魔法を使えるカイザフからすれば、俺が空にいようが攻撃の手段はいくらでも存在する。

それを承知のうえで飛行魔法を使う。全速力で空を移動し、そして、カイザフの真上に来た。

カイザフの発動している魔法の弱点は――上空からの攻撃だ。カイザフは自分を中心として、嵐のような魔法を展開したが真上から見ればガラ空きだった。

ここからは、カイザフの驚いた顔がよく見える。俺は重力魔法の制御をやめ――次の瞬間、浮遊感に襲われ、真下に落下していった。

「――身体強化！」

身体強化は難しい……。だけど、それだけに集中すれば俺でもできる。そして、身体強化された体なら、落下の衝撃に耐えることができる。

「鉄拳！」

俺は右手を握りしめ、落下の勢いを乗せたまま拳を下に叩きつけた。だが、カイザフにすんでのところで避けられた。

まだだ――！

カザリーナ先生から教わった接近戦の心得がある。ベルクや騎士などの一流の戦士からすれば、大したことはない。——が、相手が魔法使いなら俺にも分がある。

地面に着地すると同時に、姿勢を低くしたままカイザフの足を払い除けた。それによって体勢を崩したカイザフの腹目掛けて、

「鉄拳！」

握りしめて右手拳でボディーブローを食らわした。

「ぐはっ……」

カイザフは後ろに吹き飛び、背中から会場の壁にぶち当たる。間髪入れずに、

「大火球——！」

カイザフにとどめの一撃を与えた。大火球が直撃したカイザフは壁から崩れ落ちる。——そして、立ち上がることはなかった。

「しょ、勝者、オーウェン・ペッパー！」

実況者の勝利宣言が会場に響き渡る。予想外の結果に、観客は呆然としている。俺が勝つなんて……誰も予想していなかったよな。

「オーウェンおめでとう！」

いや、違った。ナタリーだけは信じてくれていた。静まり返った舞台から降りると、ナタリーに抱きつかれる。

「無事勝てたよ」

「当然だわ！　あなたなら勝てると思っていたわ！」

すごい信頼だ。もし、この試合が賭け事に使われていれば、ナタリーの1人勝ちだっただろう。

「ありがとう、ナタリー」

これで彼女の期待に応えることができた。悪い噂を払拭することよりも、彼女の期待に応える方が重要だった。彼女の温かみが心地いい。

「ナタリー、喜んでくれたのは嬉しいけど、そろそろ離れてもらってもいいかな？」

「え、あっ。そうね」

ナタリーは恥ずかしそうに離れる。少し、彼女の顔が赤くなっている。……という俺もちょっぴり恥ずかしかった。何より、汗かいた状態で女の子に抱きつかれるのは……ちょっと。べ、べつに変な匂いはしないからな！　健全な男の子の匂いだからな！

「何はともあれ、おめでとう。これで優勝ね」

「ああ、そうだな」

その後、俺は表彰台の一番高いところ——優勝台に立って優勝トロフィーを掲げた。こうして、武闘会は幕を閉じた。


武闘会最終日の夜、武闘会で活躍したこともあり、祝勝会に呼ばれていた。もう7時を回っており、お腹がペコペコだ。

目の前には豪華な料理が並んでおり、今すぐにでも食らいつきたい。腹が減っているときはどの料理も美味しそうに見えるもんだな。

特にあの肉がうまそうだ……。こんがりと焼けた鳥の丸焼き。と、料理に気を取られているときだ。クリス先生が壇上に立って挨拶を始めた。俺はそれを聞き流しながら、

「あそこのお肉取りに行ってもいいかな？」

ナタリーに尋ねた。

「駄目よ。挨拶が終わるまで待っていなさい」

10歳の子供に怒られてしまった。……だけど、待てないんだ。鳥の丸焼きが、食べて欲しそうにこちらを見ている。

早く食いてェェェ――！

ようやくクリス先生の長い挨拶が終わった。いや、ほんと長かったよ……。そして、乾杯の音頭とともにパーティーが始まり、それと同時に俺は動き出した。

肉だ！　肉が欲しい！　目当ての肉を皿に入れ、空いたスペースにサラダやパンを盛っていく。前世で一番食欲旺盛だったときよりも、今の方が食べている気がする。日常的に魔法を使っているため、その分エネルギー消費が激しいのだ。

以前の俺なら無駄に贅肉があり問題なかったが、今の俺は普通の体型である。……むしろ、ちょっと痩せている。

既に俺の体には消費できる贅肉が残っていないらしい。

エネルギーを使ったんだから、食えと体が言っているようだ。体の成長期ということもあって、最近はどんどん食欲が増している。

俺は鳥の丸焼きにかぶりつき、

「うまい――！」

肉を頬張ったその瞬間にジューシーな味わいが口いっぱいに広がった。頭の中で鳥が踊り出した。

肉肉カーニバルだぜ！

俺は無我夢中で肉を頬ばった。

「あれ？　そういえばナタリーがいないな」

ふと……辺りを見渡すと、ナタリーが男子に囲まれているのが見えた。

そして、少し離れたところではベルクが女子に囲まれていた。2人ともモテるよな！

顔も家柄も性格も良くて、武闘会で活躍した2人だもんな。……俺はって？　もちろん1人さ！

これが俗に言う独身貴族というやつだ。

べ、べつに嫉妬なんてしてないからな！

周りのことを気にせず、料理を食べる。すると、とんとんと肩を叩かれた。——いつの間にか後ろにクリス先生が立っていた。

「おい、俺の後ろに立つな」

俺はハードボイルドに言った。

「何言ってんだ、馬鹿者」

すみません。言ってみたかっただけです……。

「それより、もう少し他の人と交流せんか……。今日は祝勝会でもあるが、他の学園の生徒との顔合わせでもあるんだぞ」

クリス先生の言う通り、ここにいるのはサンザール学園の関係者のみではない。武闘会を見るために来た他の学園の先生・生徒が来ている。

この場は祝勝会であると同時に他校との交流会でもあるのだ。

「先生！　僕はコミュ障なので無理です！」

「コミュショウ？　そんなもの知らん。さっさと行ってこい」

……コミュ障が通じなかった。とあるアンケートによると、日本人の3人に1人がかかっているという、コミュニケーション障害だぞ。

俺からすると、パーティーは恐怖でしかない。知らないやつらと騒ぐなんて無理。

俺はそんなリア充じゃない！

……よし、トイレに行こう。トイレという名の安住の地――約束されたフロンティアだ。

パーティー会場を出ようとしたとき、またしてもクリス先生に声を掛けられた。

「おい、オーウェン。どこに行く？」

「……トイレです」

「なら、私もついていこう」

なんで、クリス先生もついてくるんだよ！　ていうか、先生と連れションってどういう状況？

絶対おかしいよね？

「冗談です。今から、交流しようと思ってました」

俺はくるっと回って会場に戻る。

「お前は今日の主役でもあるからな。頼んだぞ」

クリス先生がそう言って、俺の背中をバシッと叩いた。主役の割に人がほとんど寄ってこないんだけど。

と再び歩き出そうとしたとき、

「おやおや、クリス先生。そちらは自慢の生徒ですか?」

年齢的にはクリス先生と同じくらいの、背の高い青年が現れた。少し冷たい雰囲気を纏っている。

「おお、レンじゃないか。久しぶりだな」

クリス先生は声を和らげる。話の流れからして、青年はクリス先生の知り合いみたいだ。

「クリス先生。お久しぶりです。あなたは今……初等部の先生でしたか?」

「そうだが。それがどうした?」

「いえ……。ただ、三ツ星ともあろうあなたがサンザール学園で教鞭(きょうべん)を執られているとは……少し意外です」

なんか、含みをもたせた言い方だな。

「それは私の自由だろう。そう言うお前こそセントラル学園で教師をやってるじゃないか」

セントラル学園は同じ国内にある魔法学園である。他にもハランマッタ学園とワルツ学園がある。

余談だがサンザール学園を含めた4つの魔法学園で、4年に一度、四大祭が行われる。

「私はあなたほどの才能があるわけではないので。……失礼、ここで自嘲しても仕方ないですね……。そちらは今日の大会で活躍されたオーウェン君ですか? はじめまして私はレン・ノマールと申します」

レン先生が丁寧に頭を下げてきた。

「どうも。オーウェン・ペッパーです」

俺もつられて軽くお辞儀をする。

「1年生で優勝とはすごいですね。そう言えば、うちにも1年生のルーキーがいるのですよ。——

ほら、彼です」

　レン先生の後ろにいた少年が前に出る。

「は、は、はじめまして！　と、トールです！」

　もじもじしながら、水色の髪の頼りなさげな少年が現れた。トールは挨拶を済ませると、スッとレン先生の後ろに隠れた。

「普段は大人しい生徒でしてね。ただ……こう見えても、実力はありますよ」

「そうか。最近、セントラル学園は力を伸ばしているようだしな」

　サンザール学園の後追いで創設されたのがセントラル学園だが、今ではサンザール学園と肩を並べるほどになっている。

「いつまで、上から目線でいるつもりですか？」

「上から目線？」

「……いえ、なんでもありません」

　レン先生はそう言って首を振った。

「では、私たちはこれで」

　レン先生はトールを連れて去っていく。彼らが遠くに離れたところを見て、俺は口を開く。

「レン先生とはどんな仲ですか？」

「あいつは私の後輩でな。昔はもう少し可愛げがあったんだが……」

　クリス先生は困ったような眉を曲げる。

「そう言えば、カザリーナと私は同級生だぞ」

「カザリーナ先生!?」

俺はクリス先生の口からカザリーナ先生の名前が出てきたことに驚く。

「カザリーナは同級生であり、良きライバルだった」

「ライバル……ですか？」

「ああ。魔力制御に限って言えば、私が唯一敵わないと感じた相手だ」

へー、そうなんだ。さすがはカザリーナ先生！　三ツ星のクリス先生に敵わないと思わせるなんて……。

でも、カザリーナ先生がすごい魔法使いってことは俺もちゃんと知っている。

ていうか……なんで俺なんかの家庭教師になったのかな？

「で、お前はいつまでそうしてるんだ？　そろそろ交流してこい」

「今、交流しましたよ」

「さっきのを交流したとは言わん。ほらさっさと行け」

クリス先生にばしばしと背中を叩かれた俺は仕方なく動き出す。

パーティーは苦手なんだよ……。こういうときはナタリーに頼りたいが、男子に囲まれているしな。さすがにあの中に割って入っていくのは嫌だ。

俺はそう思って、会場の中をぐるぐる歩いていた。どこかにぼっちで話しかけやすい人いないかな？　ぼっちは同じぼっちになら話しかけられるのだ。

だが、この会場の中に俺のぼっちセンサーが反応する人がいない。――残念。

それなら仕方ない。クリス先生に見つからないように壁の花にでもなろう。そう考えたときだ。

「あれ？　ひょっとして、オーウェン君じゃない？」

振り向くとトールと同じ水色の髪の少女がいた。顔立ちもどこかトールと似ている。

「そうですけど……あなたは？」

「あたしは、モネよ！　よろしく」

「あ、はい、よろしくお願いします」

ペコリと挨拶する。

「あたし、あなたのファンなの！　武闘会であのムカつく野郎をぶっ飛ばしてくれたよね！　あれは、すっごくスッキリしたわ」

モネが手に力を込めて力説する。

「あ、ありがとうございます」

俺は少し圧倒されて身を引いた。すると、モネの後ろからひょこっと現れる影。

「それは俺のことかい？」

「げっ、カイザフ……！」

モネは後ろを振り返り、条件反射のようにカイザフとの距離を取った。

「久しぶりだね。モネ。元気にしていた？」

「ふんっ、あんたの顔を見るまでは元気だったわ」

カイザフを睨みつけながらモネが答える。

「あいも変わらず、君は冷たいね」

「あんたを見るとぶん殴りたくなるのよ」

「それは、俺に負け越しているから?」

「そういうところがムカつくのよ!」

2人は仲が良いのか悪いのかわからない会話を繰り広げる。それよりもカイザフって意外と話しやすそうな人だな。

試合のときはちょっと嫌な先輩かと思った。けど、案外気さくな人かもしれないな。

「2人とも、知り合いですか?」

「こんなやつのこと知らないわ!」

とモネがそっぽを向く中、

「モネとは1年生のときからの知り合いでね。初めて交流会に参加したとき、彼女がいたんだ。当時はお互い唯一の1年生ということで、仲良くなったってところかな」

カイザフが答えた。

「あんたと仲良くなった記憶なんてないわ! ていうか、あんた。オーウェン君にやられていたわね。あれは最高に傑作だったわ」

モネはわざとらしく口に手を当てて、プププと笑ってみせた。

「いやぁ、実に情けない。まさかオーウェンが空を飛べるとは思わなかったよ」

「あははは、いい気味よ。ところで、オーウェン君。さっきあたしの弟と話していたようだけど、どうだった?」

弟ってのはトールのことかな?

「どうと言われましても……。まあ、普通にいい子でしたよ」

そもそも、ほとんど会話してないからあまり印象に残っていない。

「そう……。不出来な弟だけど仲良くしてあげてね」

「弟思いだねぇ」

カイザフが茶化すように言った。

「うっさい！」

そう言ってモネはカイザフの足を踏みつけようとした。それをひょいっと躱したカイザフは勝ち誇ったような顔をする。

この2人の関係が段々わかってきた。弄るカイザフと弄られるモネ。中々いいコンビだ。

そうしてしばらく、モネ、カイザフと話していたらパーティーが終了の時間となった。その後、解散となった俺は真っ先にトイレに向かった。

ギュルギュルギュルギュルとお腹が鳴った。超絶、腹が痛い……。どうやら食べ過ぎたようだ。鳥の丸焼きをまるごと食べたあとも、間断なく食べていたからな。

そして、残念なことに……トイレを探すが全然見つからない。……これは本格的にやばいぞ。

……道に迷ってしまった。

今日の祝勝会は普段使っている初等部の校舎ではない。

そのせいで、トイレの場所がわからないどころか、現在地すらわからない。

やばい、漏れそう……。そう思いながら腹の痛みを我慢していたら、人影を発見。

誰だろう？　と見てみると、レン先生とスクワード先生が話し合っているようだ。

遠くて、内容を聞き取ることはできなかった。

先生同士の交流かな？

そんなことよりもトイレだ。

俺はすぐにその場を去って校舎を動き回るが、トイレが見つからない。

焦りが募っていく。これはもうダメかもしれない。

いっそ空にでも飛んで、盛大にぶちまけようかな。

きっとものすごい解放感と一生拭えない傷ができるだろう。

あはははは。

思考がとんでもない方向に行っている気がする。

そんなことを考え、廊下の角を曲がったときだ。

――ドンッ！

黒髪の少年にぶつかった。

地面に尻もちをつくと同時に、全神経を込めて漏らすのを我慢した。

ふー、危なかったぜ。

「あの！　トイレはどこですか⁉」

俺は食い気味に今会ったばかりの黒髪の少年に聞いた。もうこうなったら羞恥心（しゅうちしん）とか知らん。それよりも腹の方が大事だ。

「ここをまっすぐ行って、最初の角を右に曲がったところにありますよ」

黒髪の少年は丁寧に教えてくれた。

俺はお礼を言うと同時に超特急でトイレに向かって走る。……あった‼

俺は今までの人生で最速の動きをもって、トイレに駆け込んだ。

そして、

「あー……最高……」

楽園がそこにあった。今なら自由に空が飛べそうだ。そのくらいの解放感だ。ていうか……俺って空飛べるんだけどな。こうして、強烈な便意の思い出とともに武闘会が終了した。

エミリア・トーテムは、サンザール学園の1年生――。そして、Aクラスに所属している。

このクラスには、4人の天才がいる。

まずは、第三王子のベルク・リットン。容姿端麗(ようしたんれい)であり、王族にも関わらず誰にでも気さくに接するところから、絶大な人気を誇っている。

ベルクとお近づきになりたい女子生徒が後を絶たず、教室では常に女子同士が牽制(けんせい)し合っている。

「……私には関係ないけどね」

エミリアはイケメンに群がってキャーキャー騒ぐような頭の悪い子にはなりたくない。そもそもベルクに近づきたいとは思わない。

王族との付き合いは大変だ。遠くで見ておくのが一番いい。

次に、聖女のファーレン・アントネリ。公平公正を体現したような彼女は、まさしく正義の味方というべきか。

聖女という立場と彼女持ち前の正義感から、生徒だけでなく教師からの信頼も得ている。

「でも……ちょっと苦手なのよね」

ファーレンの清廉潔白ですよってのが好きになれない。それに、どこか胡散臭さを感じてしまう。

そして、公爵家のナタリー・アルデラート。天使のような外見から、男子からの人気が凄まじい。凛とした雰囲気が一段とナタリーの人気を高めている。

最後に、飛翔のオーウェン・ペッパー。

落ち目のペッパー家嫡男だの無能だの悪いイメージがオーウェンにはあって、落ちこぼれだと見られていた。

だが、武闘会を境目に彼の印象はガラッと変わった。飛行魔法を使えることから、無能の代わりに【飛翔】の二つ名が広まり始める。

カイザフ対オーウェンの一戦は、間違いなく武闘会一の盛り上がりをみせた。

前評判が著しく悪かったオーウェンが、すぐ負けると予想されていた。だが、オーウェンはそれを覆してみせた。

(あのときは、驚いたよ)

オーウェンが勝ったときの会場の静まりようが、皆の驚きを表していた。

まさか、初等部最強のカイザフがオーウェンに敗れるなど……誰が予想したことだろうか？　あの一戦後に、オーウェンを無能と蔑む者はいなくなった。

「そりゃ、あの一戦を見たあとに無能なんて呼べないわね。オーウェンが無能だったら、初等部のほとんどが無能になっちゃう」

そして、ファンクラブまでできていると聞く。第三王子ほどの人気はないものの、オーウェンをひそかに慕っている者もいる。

実力があるのに驕らないところとか、地味な顔立ちだが……よく見ればカッコいいところとかがいいらしい。

彼女らに言わせると、第三王子は偶像だが、オーウェンは手の届きそうな存在ってことだ。

実際、身分的にも第三王子と違って近づきやすい。ただ、残念なことにナタリーがいるため、オーウェンと懇意にしている女子生徒はナタリーだけだ。

「ナタリーとオーウェンはお似合いだものね」

エミリアはオーウェンを狙っているわけではないが、尊敬はしている。普段の授業に取り組む姿勢から家柄や才能に溺れず努力できる人だ、と。それにしても、

「なんで、私の年に限って、すごい人たちが集まるのよ」

2、3年に一度現れるか否かの天才たちが、同じ年に4人集まった。まさに――奇跡の世代。

彼らと比べると、エミリアは自分がちっぽけな存在に思えてくる。

「この学園でやっていけるのかな?」

例年であれば、エミリアの実力は学年でトップクラスだ。しかし、彼らがいるせいで自分の存在が霞んでしまう。

「実家にいるときは、もてはやされたんだけど」

これでもエミリアはトーテム家の天才だ、と言われてきた。実際、同年代の他の子たちよりも優れていた。

さらに、才能に溺れることもなく、それなりの努力を積んできたのに。……井の中の蛙だった。

上には、上がいる。

それを肌で感じたエミリアは今日も1人、ため息をつく。

武闘会が終わってしばらく経った。先日の武闘会の一戦で、まだまだ自分の力が足りないことを実感し訓練所に来た。もっと、精進せねばな！

ということで、訓練所で魔法の練習をすることにした。入り口付近に荷物を置きその場に座る。

そして、足を組んで目を閉じた。瞑想するように深い呼吸を意識する。――自分の奥深くにあるものを探りに行く。

吸うよりも吐くことに集中しながら、魔力に意識を向けた。魔力はほんのり温かみを持っている。

指の先まで魔力を行き渡らせ、ゆっくりと体の中で循環させる。……そして、魔力の動きを少しずつ速くしていく。

魔力の循環速度が上がるにつれ、体温も上昇し額から汗が滲み出てくる。

魔力をできる限り高速に動かし、もうこれ以上循環速度が上がらないというところで速度をキープした。

額から伝わる汗がぽたぽたと地面に落ちる。その状態で3分間、魔力を動かし続けた。そして――

「ぶはあああ」

目を開けると、汗が目に入ってきた。くぅー、染みるぜ！

どっと吹き出した額の汗を手で拭う。まだまだ無駄が多いな。体温が上昇することや魔力循環で疲れるのは、魔力制御が下手だからだ。

達人になれば、息をするように高速で魔力循環を行えるらしい。おそらくベルクなら、同じ速度で魔力循環を行っても、それほど疲れをみせないだろう。

しばらく休憩したあと、次に魔力制御の訓練に移った。自分の魔力を外に出す遠距離魔法だ。

体内の魔力を右手に集中させ……体外に放出する。そして、1メートルくらい空中で動かし、

「火球……！」

直径3センチ程度の火球を出現させた。魔法の授業で扱ったときよりは、スムーズな魔力制御ができるようになった。

ちなみに火球の体積と魔力の消費量は比例の関係にある。

球の体積の公式から考えると、半径の3乗が体積になるわけだから、半径を倍にしたら8倍の魔力が必要になるわけだ。

例えば、半径1メートルの火球と半径3メートルの火球があったとする。その場合、半径3メートルの火球は半径1メートルの火球の27倍の魔力消費量が必要になる。

冷静に考えてとんでもない魔力消費量だよな。

これに速度を加えると、さらに魔法の消費量は大きくなる。さらに、空気中では魔力の伝わりやすさ——魔力伝搬率が体内と比べると圧倒的に低い。

と、少し考察してみた。つまりは直径3センチの火球を1メートル離れた地点で発動させるのは、

とても大変だということだ。

まだまだ、戦闘では全く役に立たないな。ちょっと相手を驚かせられるくらいだ。うーむ……中々難しい。

着実と飛距離は伸びているから、このまま頑張っていくしかないな。千里の道も一歩から。カザリーナ先生も毎日の積み重ねが大事だって言ってたしな。

「火球」

先程と同程度の火球を作り出す。そして、

「動き出せ」

火球を体の近くでうねうねと動かしてみるが、数秒でパッと消えた。……この制御も難しい。

魔力と火球の中間の状態――半魔力状態を維持しながら、魔法を使うため緻密な制御が必要とされる。

クリス先生のようには……いかないな。その後、しばらく魔力制御の練習を行い、

「ふー、……疲れた」

ちょっと、ひと休憩。

仰向けになって星空を眺めた。天体には詳しくないが、地球とは星の並びと違うことはわかる。今更だけど前世とは違う世界なんだなって実感する。文明も違うし、言葉も違う。魔法だってあるんだから、最初からここは違う世界だとわかっていたけど。

ここは――たくさんの星が見える。

サラリーマンやっていた頃は、都会で暮らしており、星はほとんど見えなかった。そもそも、

ゆっくり星をみる機会もなかった。

しばらく、ぼぉーっと空を眺めながら魔法のことを考える。

何事も一流になるには努力するしかない……当たり前の話だよな。魔法を極めることが苦だとは思ってないけど。

むしろ、どんどん上達していくことが楽しみにもなっている。

「よしっ――！」

休憩を終えた俺は体を起こした――そのときだ。

「こんなところで何をしている？」

「え、あ、クリス先生……？　どうしてここに？」

クリス先生が俺を見下ろすように立っていた。

「訓練所に私がいて、おかしいことか……？　それより、もう帰る時間だぞ」

「え。えーと、もう少ししたら帰ります」

「それと勝手に訓練所を使うことは許していない」

「……そうなんですか？」

そんな規則ってあったっけ？　と考えるが思い出せない。

「当たり前だろ……。生徒が勝手に練習して問題起こしたら誰が責任を取る？」

「えーと、そうですよね」

「そういうことだ。だからさっさと帰れ」

「でも、先生が責任取ればいいんですよね？　だって先生ですし」

「お前の責任を私に取らせると……？」

クリス先生が眉をひそめて尋ねてきた。

「それが先生の役目じゃないですか」

「この私を使うとは……さすがはオーウェン。大物だな。いいぞ！　その代わりに今後、お前は私の雑用係な」

「雑用って……生徒になんてことやらせるんですか……」

「それが嫌なら、この話はなしだ」

「はっ、やります！　雑用やらせてください！」

「おう、やりたいか。それなら仕方ない。生徒がやりたいと言ってることを止めるのも憚（はばか）られるからな！　お前に雑用をやらせてやろう」

うわー、この人面倒くさっ。俺は若干引き気味だった。


訓練所を借りてから2ヵ月が過ぎた頃、クリス先生に呼ばれた。

「ところで、最近、3年生の訓練所を使ってないか？」

「え、3年生のですか……？」

訓練所は各学年ごとに用意されている。つまり初等部だけで3つの訓練所があり、加えて初等部専用の試合会場もある。

さすがサンザール学園。お金をたくさん持っているな。その分、学費はめちゃくちゃ高いが伯爵家なら払うことができる。

「そうか……。お前ではないか。今日、ちょっと見に行ってくれないか……？」

「なんで、俺が行くんですか？」

「お前は私の雑用係だからな。――辞めるか？　辞めてもいいんだぞ。その代わり――」

「はい！　やらせてください！」

「おう、頼むな」

むちゃくちゃな先生だよ、全く。

と、ため息をつきながらも3年生が使用している訓練所に向かった。1年生の訓練所と3年生の訓練所は、校舎を挟んで反対方向にある。

訓練所に着くと、先生が言っていた通り、1人の生徒が魔法の練習をしていた。ふわふわしたミディアムヘアーが印象的な女の子だった。

「すみません……。ちょっと、いいですか……？」

「は、はい。ってオーウェン君？」

ビクッとこちらを向いた少女は、意志の強そうな目をしていた。

「あ、はい。そうですけど……って、どこかで会いましたっけ？」

「君は有名だからね。武闘会の決勝戦見たわ！　すごかったね」

彼女はきらきらした瞳で言った。

「あ、ありがとうございます。あの……」

「あ、ごめんなさい。――私はターニャです」

そう言ってターニャは軽く会釈した。俺もそれにつられて、どうも、と頭を下げる。

「ところで、この場所を使う許可って取ってますか？」

「え、そんなのいるの？　知らなかったわ。でも……オーウェン君も使ってるんじゃない？」

「なんで知ってるんですか？」

「ふふ、リサーチ済みよ。それで、君は許可を取ってるの？」

「はい。クリス先生から使用許可をもらってます」

「あ、そうなの。じゃあ、私も許可取りにいこっかな」

「あー、いや、それはちょっと……」

クリス先生なら喜んで使用許可を出しそうな気がする。雑用係が1人増えると言いながらね。クリス先生の雑用係をターニャにも強いるのは気が引ける。

「じゃあ、オーウェン君と一緒に訓練所を使えば問題ないよね！」

ターニャはいいこと思いついた、と言わんばかりな声で言った。

「そ……そうですね。でも、ここの訓練所は許可もらっていないので……1年生のところですよ？」

「わかったわ！」

なんか……テンション高くて元気な人だな。そういうわけで、俺はターニャを連れて1年生の訓練所に向かう。そしてしばらく歩くと、1年生の訓練所に着いた。

「ここに来るのは……久しぶりね」

「3年生になるとめったに来ませんからね」

「そうね。……あの頃は楽しかったわ」

ターニャはそう呟いたあと、

「早速、始めましょ」と言った。

「ターニャさん。準備運動はしたんですか？」

「準備運動って？」

「魔力循環です。最初にこれをやっておくと魔法の制御がスムーズにできるんですよ」

「へー、そうなんだ！　初めて知ったわ。でも……私、魔力循環が苦手。オーウェン君はいつもどうやってる？」

「えーと、ですね」

俺は地面に腰を下ろすと、足を組んで座禅のポーズに入る。

「こういうふうに座って目を閉じます」

「変わった座り方ね」

ターニャはそう言いつつも俺の隣に座る。

「思いっきり息を吸った後に、それをゆっくりと吐き出してください」

ターニャは言われた通りに息を吸って胸を膨らませる。そして、時間をかけて息を吐き出す。

「この呼吸を続けながら、魔力に意識を向けて魔力循環を行います。大体5分くらいやります」

ターニャは目を開いて俺の方を覗き込んだ。

「これどこで習ったの？」

「独自開発です」

カザリーナ先生の教えと前世の瞑想を組み合わせたものだ。瞑想は自分の奥深くに意識を集中させることができ、魔力循環と相性が良かった。

「じゃ、始めますよ」

そう言って魔力循環を始めた。そして、しばらく経ったあと。

「はわわわわわわ」

ターニャが変な声を出した。集中が途切れたターニャを見ると、地面にゴロンと転がっていた。

「もー、無理ー！　これしんどいよー」

ターニャの髪が汗でびっしょり濡れていた。汗で濡れている子って……スポーツ女子って感じでいいよな！

「これ、毎日やってるの？」

ターニャが視線だけ向けて尋ねてきた。

「はい。毎日やってますよ」

「へー、すごいのね……」

しばらく休憩していると、ターニャがバサッと体を起こした。

「次は何するの？」

彼女はワクワクした表情で聞いてきた。

「遠距離魔法の練習です」

「すごーい！　見せて！」

「まあ、いいですけど。見て楽しいものじゃないですよ」

俺は魔力を右手まで持っていき「火球」と唱えた。すると、２メートルほど先でぼわんと火球が出現した。

「オーウェン君、すごい！」

「まだまだですよ」

「そんなことないわ！」

「あ、ありがとうございます」

そこまでベタ褒めされると照れる。これが女子の「さしすせそ」か。凄まじい威力だ！　惚れてまうやろ！

「私の方こそ……まだまだね」

「ターニャさんは、どんな魔法が得意ですか？」

「……水魔法がちょこっとね」

ターニャは人差し指と親指の間を開けて答えた。

「水魔法、見せてください！」

「そんな……見せるほどのものじゃないわ」

「僕にだけ魔法使わせるんですか？　先輩のかっこいいところ見せてくださいよー」

両手を組んで『お願い』のポーズを作ってみる。男がやっても可愛くないって？　そんなの知らんがな。

「わ、わかったわ。……仕方ないわね。ちょっとだけよ……」

ターニャはすっと右手の掌を上に向ける。そして、彼女は瞼を閉じると、

「海猫よ、戯れのもと、現れたまえ」

彼女の右手から小さな猫が現れた。そして、彼女の周りを飛び回る。

「す、すごい！　精霊魔法だ！」

精霊魔法とは、精霊の力を行使して扱う魔法――ではない。

意思を持ち自立して動くものを生み出す魔法のことである。魔法に精霊が住み着いたかのように見えることから精霊魔法と呼ばれ、高度な技術を必要とする。ターニャが作り出した猫はしばらくして消えた。

「私の……唯一得意な魔法よ」

「先輩ってAクラスですか？」

「いいえ、Cクラスよ」

「え、なんでですか？　そんなすごい魔法が使えるのに」

「これぐらいしか使えないから……かな。他の魔法はからっきしダメ」

「え、もったいない。先輩はすごい魔法使いですよ！」

「ふふ、お世辞が上手いのね。――でも、ありがとね」

お世辞でもなんでもないんだけどなー。

精霊魔法を使える人は少ない。星付きの魔法使いでも、使えない人の方が多いと聞く。それを、初等部3年生の時点で使えるのは、すごいことだ。

その後、夕日が落ちかかっているのを確認した俺は、練習を切り上げ帰ることにした。1人での練習よりも、誰かと練習した方が楽しいな。

「今日はありがとうございました」

「こっちこそ、ありがと。また明日も来ていいかな？」

「はい！　むしろ、僕の方から来てくださいってお願いしたいくらいです」

「ふふ。じゃあ、よろしくね」


そして翌日。俺はクリス先生に呼ばれて職務室に向かった。

「オーウェン、あの件はどうなった？」

「3年生の人が使ってました。……って、そのくらい自分で調べればすぐにわかるじゃないですか」

「面倒でな」

校舎から訓練所まで歩いて15分。そんなに遠い距離でもない。それに、

「先生、身体強化使えますよね。そんな距離一瞬で行けますよね」

「無駄なことに身体強化をする気などない」

「無駄って言いましたよね？　今無駄って」

「気のせいだ」

うわー。この人無駄なことを生徒にやらせやがった。

「ちゃんと聞こえました」

「細かい男はモテないぞ」

「モテなくて結構です」

ていうか、知ってるんだぞ。クリス先生が彼氏いないことと、実は彼氏欲しがっていることを。

そんなこと本人には言わないけどな。

「で……どうだった?」

「さっきも言った通り、3年生の人が使ってましたよ」

「それで、2人で夜な夜なこそこそ秘密の特訓をしていたわけだ」

「全部、見てたんですか……?」

「生徒の動向を把握するのが教師だからな! その3年生も使うのを許可しよう。名前は?」

「ターニャです」

「了解。お前はその子の分まで雑用よろしくな!」

「先生! それは横暴ですよ」

「お前は使い勝手が良くて助かる」

クリス先生ははっはっはと笑った。くそー、この先生。ちょっと人使い荒くないか? と、そんなことを思いながら職務室を出た。


ターニャと魔法の練習を始めてから、1ヵ月が経過した。

今日は課外活動……という名の魔物退治。王都から少し離れたところにある森に来ていた。

「え、魔物いるの? ってことは冒険者ギルドあるんじゃね!?」

と、初めて魔物の存在を知ったときはそう考えた。

しかし残念ながら、冒険者ギルドという組織はなく、魔物退治は騎士団かハンターが行っている。場合によっては貴族が魔物の退治をすることもある。ちなみに魔物と動物の見分け方は、魔力を持っているか否かだ。

「ゴブリンやオークと生身で戦うとか、普通に無理だもんな」

単純に腕力で劣る人間が魔物と戦うためには、魔力は必須といえる。それ故、魔力を持たない一般人が魔物を倒すのは難しい。

そして厄介な性質が、大抵の魔物は人間に害をなすことだ。多くの貴族は先祖が魔物を退治した功績によって与えられた爵位を引き継いでいる。だから魔物退治は貴族の務めの1つともいえる。

しかし最近では、その務めを果たさない貴族が増えてきており、その典型例が俺の父であるブラック・ペッパーだ。魔物退治を怠っている父は、領民からの評価がすこぶる悪い。

せめて、自分に退治する能力がないのなら他の人に頼めば良いものを……。父のことだから、自分の務めを他人に譲るのはプライドが許さないのだろう。

「魔物退治は3年生のときにやるって聞いたのに……なんで、1年生の俺たちがやるんですか?」

生徒の質問に対し、クリス先生が答える。

「今、サンザール学園は他校と比べて年々力を落としている。3年生で初めて魔物退治をするのでは遅すぎる、という私の判断だ。……もちろん学園長にも許可はもらっている」

確かに……ここ最近は他校との交流戦や四大祭での勝ち星が減ってきていると聞く。

クリス先生が教師として呼ばれたのも学園の再起を図るため——ってのは考えすぎかな……?

「まあ安心しろ。奥深くまで行かなければ低級の魔物しか出てこない。それに……もし危険があれば各班に渡した魔道具で知らせてくれればいい」

そう言って、彼女は掌サイズの黒球を見せた。

「この玉を地面に叩きつければ、私のもとに知らせが入ってくるようになっている」

三ツ星のクリス先生が駆けつけてくれるなら安心だ。それに、今日はクリス先生以外にも2人の教師がいる。

スクワード先生と副担任のモーリス先生だ。モーリス先生は魔物退治やクリス先生がいないときなどでAクラスの面倒を見てくれている。

万全の態勢。何があっても大丈夫！　……フラグじゃないぞ？

「ここは弱い魔物しか出ないが……何が起こるかはわからん。問題が起きたら、必ず黒球を使うように。――では、これより組になって行動してもらう」

Aクラスは全員で18人。前世の学校と比べれば少ないように感じるが、そもそも魔法を使える子供自体が少ない。

他の3つの魔法学園との間で生徒の取り合いも行われていると聞く。それに、18人とは言え魔法使いを育てるのは手間がかかる。

魔法は人それぞれ異なる。均一的な授業を施している日本とは状況が違うのだ。

18人ということで4人組が2グループと5人組が2グループ。計4グループが作られた。

そして、俺たちのチームは中々濃いメンバーの集まりだった。俺を含め、ファーレン、ドミニク、エミリアの4人組だ。

ファーレンやドミニクはもちろんのこと、エミリアも1年生の中で有名人である。魔法の成績が良く、特に秀でた属性はないものの全てをそつなくこなせる。オールラウンダー型の魔法使いだ。

「リーダーは俺だな！」

ドミニクはさも当然かのように前に出た。……いやいや、お前がリーダーって不安しかないから。

俺が反論しようとする前に、

「ドミニクには無理よ」

エミリアが先に言った。

「ふんっ。侯爵家の俺以外に相応しい者などいるか!?」

お前以外なら、全員ふさわしいと思うが？　責任感のあるファーレンや、しっかり者のエミリアなら間違いなくドミニクよりも上手くリーダーをやれる。

だが結局、ドミニクの意見に押し切られる形で彼をリーダーにしてしまった。……ダメだ……これは何か良くないことが起きる気がするぞ。

いや、そんなわけないよな？　……杞憂であってくれ。

「よし、リーダーは決まったようだな！　それでは、課題を発表する！　まずはドミニクチーム！　お前たちはこの森にある湖に行って水を汲んでこい！　ただし注意点が1つだけある。くれぐれも湖よりも奥に行かないように。あそこを区切りに、強い魔物が出現することがあるからな！　そんなことはめったにないと思うが……もしものためだ。ではドミニク班、出発だ！」

「ふん、俺についてこい」

ドミニクは、先頭に立って歩き始める。……やっぱり、ドミニクがリーダーってのは心配だ。ほんとに大丈夫かな？　何も起きなければいいんだが。

森に足を踏み入れると、新鮮な空気を肺いっぱいに入れた。ふう、森って気持ちいいな。これがマイナスイオンか！　心が洗われるぜ——別に病んでないけどな！

森には木漏れ日が入り込み、木や草花が伸び伸びと育っている。ドミニクの後ろにつくように森の中を歩いているときだ。

「ぐぎゃぎゃぎゃぎゃ」

人型の魔物が現れた。1メートルほどの背丈に皺くちゃな顔。全体的に薄汚れており、緑の肌をしている小鬼――ゴブリンだ。

「ぎぃ」

「ぎゃぎゃ」

そして、反対の木から2体現れ、合計3体のゴブリンが俺たちの前に出てきた。

お、魔物退治か！　やるぞ！　と、戦闘態勢に入ろうとした瞬間だ。

「炎弾！」

一番近くにいたゴブリンが燃え盛る。ゴブリンの焼き肉って美味しいのかな？　と、そんなしょうもないことを考える。実際は倒された魔物は魔瘴石になり、食べることはできないが……。

「貫け、風の刃！」

エミリアの魔法により、ゴブリンの首がスパッと切れて絶命する。魔物も首は弱点のようだ。

「聖なる槍よ――！」

ファーレンの投擲した槍がゴブリンの胸を貫いた。あっという間に3体のゴブリンは倒された。

このグループ強くない？　なんだかんだ言ってドミニクは強い。俺との模擬戦ではすぐに負けたものの1年生の中では高い実力を誇っている。

ふははは、俺が強過ぎたのだ。強いって罪なものだな。……冗談だ。

「俺、出番なくね？」

なんか、同じようなことを最近経験したような……。ヒーローはピンチになったときに出ればいいのさ。倒されたゴブリンたちは灰となって消え、残ったのは小さな透明の魔瘴石のみ。

「はっはっは。この雑魚どもめ！」

ドミニクはいつにも増して楽しそう。何かストレスを発散しているようにも見える。その後も大して強い魔物は出てこず、俺たちは魔物を倒しながら森の奥へと進んでいく。

湖までの道は簡単で、特に迷うことはない。

なぜなら、湖までのコースは既に多くの人が行き来しており、それによって人が歩きやすい道ができているからだ。そうしてしばらく歩くと、湖に到着した。

「……綺麗ですね」

ファーレンがポツリと呟く。晴天の空や木々を映し出した湖は——確かに綺麗だ。

美しい自然というのは……どうして、ここまで心を穏やかにしてくれるのだろうか？　ってポエミーなことを考えていると、

「ここの水を採ってくれれば完了ね」

エミリアは淡々と水を汲み始めた。……この子冷めてるよなぁ。もうちょっとこの光景に感動してもいいんじゃない。

日本だったら有名な観光スポットになるくらい綺麗な湖だ。俺が景色に感動しているとエミリアが渡された水筒に水を入れ終える。

この湖は、多少の魔力を帯びている。水筒の中に入っているリトマス紙のような紙が湖の魔力に

反応して、ピンクから薄い蒼へと色を変化させる。

例えば、不正を働いて水魔法で水筒を満タンにしても、色の変化が違うため湖の水でないことがバレる。――そういう仕組みだ。

「よし、あとは戻るだけね」

エミリアが水筒の蓋を閉めた、そのときだ。

「ドミニクさん！　どこ行くのですか！」

ファーレンが叫んだ。――その先には、いつの間にか湖を越え背中を向けているドミニクがいた。

ちっ、あいつ何やってんだよ……と声に出さずに悪態をつく。

「見てわかるだろ！　森の奥だ！」

クリス先生が森の奥は危ないと言っていただろ？　強い魔物が出たらどうするんだよ。思春期こじらせ過ぎだコノヤロー。何かあったら遅いんだ。

「はっ、何言ってんの!?」

エミリアが呆れながら言った。

「俺はもっと奥まで行く！　こんなところで帰るつもりはない！」

「これより奥は危ないって！　先生も……湖のところまでって言ってたでしょ！」

「そうだぞ、ドミニク！　目的は果たしたんだ――帰るぞ！」

「なんで、オーウェンなんかに指図されんといかんのだ！　強い魔物が出てくる？　好都合じゃないか。そんなのぶっ倒してやる！」

ドミニクめ……。自己中にもほどがある。お前1人の行動でお前が傷つくのは構わんが、俺たちを巻き込まないでくれ……。

「仮にもリーダーだろ！　それなら責任ある行動をしろ！」

「その通り！　俺がリーダーだ！　だから指図するな！」

――ダメだ。会話が全く成り立たない……。意思疎通が全くできない。

「それが勝手だと言ってんだよ！」

「黙れ！　俺は俺のしたいようにする！」

ドミニクはそう言って森の奥へ走り出した。俺はそれを見送りながら「くそっ」と地面を蹴った。

「どう……しますか？」

「どうするもこうするも……行くしかないでしょ」

「……そうですね。急ぎましょう」

エミリアの言葉にファーレンが頷く。

「オーウェンさんはどうしますか？」

「行くよ。――行ってあの馬鹿を殴ってくる」

俺たちもドミニクを追って湖を越えた。ドミニクの足跡を頼りに森の奥へと入っていく。

不思議なことに、湖を過ぎた辺りから魔物が全く出なくなった。森が静寂に包まれており……嫌な予感を覚えた。

「なあ、クリス先生を呼ばないか？」

「どうやって……？　黒球はドミニクが持っているのよ」

エミリアが走りながら答えた。そういえば……そうだ。今更ながら、あいつをリーダーにしたことを激しく後悔する。

「やっぱり、……あいつをリーダーにするんじゃなかったな」

「今言っても仕方ないことよ。それにドミニクの気持ちは……少しわかるかも」

エミリアの言葉に俺は首を傾げる。

「私もね……学園に来るまでは周りの人にたくさん称賛されていたの。それなのに……ここでは全然褒められない。それに嫌気がさして、周りを見返してやりたい。……ってそう思うのもわかるってことよ。さすがにドミニクの行動は行き過ぎてるし、私はあんな身勝手なことしないけどね」

井の中の蛙大海を知る、ってところか。

「ドミニクは自分が一番になりたいのよ」

エミリアの言葉に俺も納得する。きっと、狭い世界であってもトップを味わってしまった蛙は……広い海でも一番を目指してしまう。

「だからといって、勝手な行動は控えてほしい。――迷惑だ」

「オーウェンの言う通りね。……それにしてもあいつ……どこに行ったのよ?」

と、エミリアが言ったときだ。

――うわあああああああ！

森の奥で、ドミニクの叫び声が聞こえてきた。

声がした方向に走っていくとドミニクがいた。だがそこには、醜悪な豚の顔をした魔物――オークがいた。ドミニクは、尻もちをついた状態でオークと対峙している。

「オークか……？」

なぜ、こんなところにオークがいる？　いや……ありえない話ではない。はぐれオークが出没する可能性はゼロではない。通常、オークが王都付近に現れれば騎士団や魔導団の手によって退治されるのだが……その前に運悪く遭遇してしまうこともある。

「……違うわ。あれはただのオークじゃない――ハイオーク」

エミリアは声を震わせながら言った。

「そんな……」

ハイオークは初等部の学生が相手にできるものじゃない。ここは逃げるしか――そう思ったとき、

「ドミニクさん！」

ファーレンが駆け出していた。正義感が強いのはいいが……今回はドミニクの自業自得だ。そんなやつを助けて自分がやられたらどうするんだ。

ハイオークの視線が一瞬、ドミニクからファーレンに移る。

「大火球！」

俺はハイオーク目掛けて魔法を放つ。しかし――オークは手に持っていたこん棒を振って火球を消し去った。

オークの意識が俺の方を向いた。そして、オークの視線がドミニクから外れた瞬間、

「うわあああああああ！」

ドミニクが逃げ出した。おい、1人で勝手に逃げんな。なんで、お前の尻拭いを俺たちがしなきゃいけないんだ。いい加減にしろよ。

俺だって怖い。今すぐに逃げ出したいわ!! ……だけど、ハイオークは俺をターゲットにしているのと——ここにファーレンとエミリアがいるため、自分だけ逃げるわけにはいかない。

「エミリア……ファーレン……。逃げろ」

「——私は残ります！」

「足手まといだ！」

ファーレンの意見を一蹴する。俺1人なら重力魔法で逃げることができる。

「ファーレン、行くよ！」

「でも——」

「オーウェンの言った通り……今、ここに私たちがいる方が迷惑よ」

そう言って、エミリアはファーレンの手を握って動き出した。

「すぐに先生を呼んでくるわ！」

エミリアたちが離脱するのを確認した俺は、ハイオークを睨みつける。でかい……いや、違う。ハイオークから放たれる威圧感が実物よりも大きく見せている。

体が震える。

今は授業や試合とは違う。ハイオークは本気で俺を殺しにかかるはずだ。——本物の殺し合い。

だが——ハイオークを倒す必要はない。

ファーレンとエミリアがある程度のところまで逃げれば俺は空に離脱すればよい。

それまで、俺に注意を引きつけ……時間を稼ぐ。

ハイオークは2メートルを超え、でっぷりした体に反して俊敏な動きをした。

いわゆる動けるデブだ。……どうせなら、以前の俺のように動けないデブであって欲しかった。

「イフリート――！」

短い詠唱のため威力は多少落ちる。それでも十分な威力を誇る。

「――ふんぬっ！」

だが、ハイオークの一振りによって防がれた。同時に――ハイオークの周りの木々も粉砕される。

そして――ハイオークは一気に距離を縮めてきた。

――速い⁉

「大火球……！」

俺の放った炎の塊は……またもや、こん棒によって粉砕された。だが――甘い！

「爆ぜよ！」

――ドガンッ！

炎の塊は、こん棒が当たると同時に爆ぜた。

最近の訓練の成果だ！　半魔力状態による爆煙魔法。それによって、一瞬スキを見せたハイオーク。

「イフリートよ、地獄の火炎をもって敵を殲滅せよ！」

周囲を焦がすほどの火炎がハイオークに直撃した。

「やったか……？」

だが――。

「グラアアアアア――！」

ハイオークの体は多少焼け焦げているが致命傷ではないようだ。そんな簡単には倒せないよな。

予想通り。……ていうか、「やったか……？」と言ったときは大抵倒せていない。ちょっと、言ってみたかった。でも……このぐらい時間を稼げば逃げても問題ないよな。おそらくファーレンもエミリアも遠くまで逃げている。

「――引力解放！」

空を飛び、頭上からハイオークを見下ろす。あとは、逃げるだけ――と、安堵したときだ。

「グラアアアアアアアアアアアア――‼」

ハイオークが雄叫びを上げた。だがそれは……ただ吠えただけの雄叫びではなかった。

雄叫びの直後――重力魔法の制御ができなくなる。そして、体が思い通りに動かせなくなった。

もしや……今の雄叫びは一時的に相手を硬直させるものか……？

金縛りにあったかのようだ。

俺はなすすべもなく地面に急降下していく。やばい――。地面にぶつかる直前に魔力を操作し、

「――引力解放！」

地面に落ちる前に重力魔法を使ったが……間に合わなかった。

――ドンッ

左肩から地面に落ち……鋭い痛みが走る。

「ぐはっ……！」

めちゃくちゃ、痛い！　痛すぎて涙が出てくる。

「う……っ……」

俺は痛みに耐えながら立ち上がる。

これは……左肩の骨が折れているだろうな。落ちたところはハイオークから少し離れたところだったので、すぐには襲われることはない。

不幸中の幸いというやつだ。――が、しかし……空を飛んで逃げるという選択肢はなくなった。

「俺に……戦えってことか……？　無茶言うなよ」

ゲームと違って死んだら蘇生とかできねーんだよ。ゲームオーバーがそのまま死に繋がる。

だが――ハイオークが俺の思考を待ってくれるはずもない。すぐに俺の方へと走り出してきた。それも無駄にある筋力をもって、一気に距離を詰めようとしてくる。

「……やるしか……ないのか」

右手に魔力を込め、イフリートを思い浮かべる。魔法使いは遠距離での戦いが得意だ。

それは、詠唱や想像に時間を使えるからだ。

同じ魔法……同じ詠唱であっても、具体的に想像したものの威力は桁違いに高い。

想像するのは……イフリートの必殺技。前世でやっていたＲＰＧの必殺技のシーンを事細かに思い浮かべ――そして、

「イフリートよ、地獄の火炎をもって――」

俺が詠唱を開始した瞬間だ。

「オーウェンさん！」

突然の乱入者。な……なんで、ここにファーレンがいる!?　逃げたんじゃないのか？

ハイオークはファーレンの存在に気づき、口の端を吊り上げたように見えた。次の瞬間、やつは手に持っていたこん棒を、ファーレンに向かって投げた。

――まずい！

俺はとっさに魔法を放つ方向を変え、

「――ファーレンを守れ！」

間に合ってくれ！　こん棒がファーレンに届く前に、俺が放った炎がファーレンを守った。

が、しかし――。

「が……はっ……！」

ハイオークに横腹を蹴られた。ハイオークは跳躍力を駆使し、瞬時に距離を縮めてきたのだ。防御態勢も何も取らない状態で攻撃を受けてしまった。そして、真横に吹き飛ばされ、左腕から大木にぶつかる。

「――ガ……ハッ」

あまりの衝撃に、意識が飛びかけた。……だめだ。こんなところで意識を失っては殺される。ハイオークはすぐさま俺へと接近してきた。

「光の槍よ！　貫け！」

ファーレンがハイオークに槍を放つのが見えた。……しかし、バリンという音とともに、ハイオークの腕によって粉砕された。

絶体絶命。体は死ぬほど痛いし、意識を保つので精一杯だ。でも――死んでやるつもりはない。

俺は立派な魔法使いになる男だからだ。

ハイオークに向けて、右手の人差し指を向ける。親指と人差し指を伸ばし、他の指を曲げる――指鉄砲の形を作った。

この技はあまり使いたくなかったが、

「銃弾よ！　ぶち抜け！」

――――ドンッ！

俺の人指し指から10ミリほどの黒い塊が飛んでいく。同時に、右肩が外れるほどの衝撃を受けた。

この技は高威力だが反動が凄まじい。

「があああああああ！」

ハイオークに命中した。だが――、

「くそっ……外した」

ハイオークの肩に当たっただけだった。ハイオークが怒りを携えて腕を振り上げる。もう一発かましてやる――！

俺は人差し指をハイオークに向けた、その瞬間。

「――氷の矢よ、貫け！」

一本の太い氷の矢がハイオークの胸に綺麗な穴を開けた。そして――ハイオークは、その場に倒れ灰となって消えていった。

俺はその光景を見た瞬間、安堵のあまり意識を失った。

◇◇◇

時間を少し遡り――オーウェンがハイオークと対峙している頃、エミリアは走っていた。隣ではファーレンが並走している。

「オーウェンさんは……大丈夫ですよね……？」

息を切らしながらファーレンが聞いてくる。それに対しエミリアは、

「そんなの……。私にわかるわけないじゃない」

「で、でも、オーウェンさん、飛行魔法使えますし……」

「飛行魔法なんて……なんの頼りにもならないわ」

あれが、本当にハイオークだと言うのなら【雄叫び】が使われる可能性がある。

ハイオークの雄叫びには、相手を硬直させる効果がある。

もし、飛行中に雄叫びを使われたら、魔力制御できず地面に落ちるだろう。オーウェンも、その程度の情報は知っていたはずだ。

知っていたうえで、自分たちを逃してくれた……とエミリアは考えている。

「――飛行魔法では逃げられない」

「そ、そんな……。では、オーウェンさんはハイオーク相手に1人で……？」

「クリス先生が来るまで……耐えるつもり……みたいね」

エミリアがそう言った瞬間、ファーレンは立ち止まった。それにつられエミリアは後ろを振り返る。

「助けに行きます！」

「何……言ってるの？　行ったところで無駄よ」

「それでも――。オーウェンさんが頑張っているのに……私だけ逃げるなんて……」

そう言ったファーレンは踵を返し、来た道を戻ろうとした。

「ま、待って！」

エミリアの静止も聞かず、フォーレンは走って去っていく。

「なんなのよ……あの子は……。だから嫌いなのよ……」

自分を清廉潔白の少女だと思っているのだろうか？　助けに行ったところで……自分たちではどうしようもないのに。

「……そういう無駄な正義感はやめて欲しい」

エミリアにはクリスを呼びに行く責任がある。それが、オーウェンから託された自分の役割だ、と彼女は思っている。

エミリアはファーレンと反対方向に走り出す。だが……数歩動いたところで足を止めた。

走って向かっても間に合わないのではないか？　そんな思考がエミリアの頭を過る。

何が最適か？

一番早く先生をオーウェンのところに向かわせる方法。ほんの一瞬下を向いて考える。直後、空に向かって魔法を放った。

「――炎柱！」

そうして、空に向かって炎の柱を作り出す。これで、クリス先生なら何かあったと気づいてくれるはずだ。が――しかし、

「ぎゃぎゃぎゃ……！」

ゴブリンを引き寄せてしまった――。

そんな目立つことをすれば、魔物が近くに寄ってくるのも当然だった。１体なら良い……だが、数が多い――６体のゴブリンに囲まれた。

「もう！　なんで私がこんな目にあわなきゃいけないのよ！」

悪いのはドミニクだ。ファーレンも自分勝手に行動するし……。エミリアは苛立ちを隠せない。１人で６体のゴブリン相手は……さすがに荷が重い……。それに、炎柱を放ったことで魔力をだいぶ消費してしまった。

「ドミニクに会ったら引っ叩いてやるんだから」

エミリアが涙目で言ったときだ。

「――――氷結」

氷が意思を持っているかのように動き、６体のゴブリンをのみ込んだ。そして、ゴブリンを生きたまま氷の中に閉じ込めた。

「砕けろ――！」

パリンという音とともに氷が砕ける。そして、氷の中にいたゴブリンは灰となって消えていく。

「せ、先生……？」

エミリアは安堵のあまり、パタッと地面に座り込んだ。

「何があった……？」

クリスがエミリアに近づきながら尋ねてきた。

「この奥で……ハイオークに遭遇して……それでオーウェンたちが……」

「……そうか。途中でドミニクにも会ったが……そういうことか」

クリスは1人で納得すると、

「どっちの方角だ？」

「ここをまっすぐです。移動していなければ……ですけど……」

「わかった。すまないが、ここで待っていてくれ。すぐに他の先生が来る」

クリスはそう言うと、身体強化を使って一気に駆け出した。その後ろ姿を見送ったエミリアは、

「どうか、無事でいて……」と祈った。

ここは……森の外か？　そういえば、クリス先生に助けられたあと、気を失ったんだっけ？

「なんで、あなただけ逃げたのよ!?　あなたの勝手な行動のせいで、オーウェンは――」

視線の先ではナタリーがドミニクに詰め寄っていた。

「俺は悪くない……俺は悪くない……俺は……」

なんとなくだが……状況が把握できた。俺が気を失っている間に、森の外――最初に説明を受けた場所に運ばれたようだ。

そして、ドミニクの身勝手な行動にナタリーが怒っている。

「あっ、あんなところにハイオークが出るのが悪いんだ！　俺は何も悪くない！」

「ふざけないで――！」

ナタリーはドミニクの肩を掴んだ。

「俺は悪くないんだ！　あいつこそ勝手に追いかけてきて、勝手に傷ついた！」

あいつ……とは俺のことだろう。ドミニクはナタリーの腕を振り払い、彼女を睨みつけた。

「ねえ、それ本気で言っているのかしら」

ナタリーはすっと目を細める。

「ああ、本気だ！　――はっ！　誰も頼んでいないのに来やがって。そのくせ怪我を負った？　自業自得だろ！」

「はあ⁉　あなたね！」

彼女がドミニクをぶとうと手を上げたときだ。

「ナタリー。その辺にしておけ」

クリス先生が２人の仲裁に入る。

「そもそも……今回のことで悪いのは私だ。まさか、こんな王都に近い場所でハイオークが現れるとは……考えもしなかった。責任は私にもある。魔物退治にはいささか早すぎたようだ。……焦りは禁物だな」

「でも、ドミニクが変な行動をしなければ――！」

「それも含めて！　私の責任だ」

「ふんっ、先生がそう言ってるんだ！　俺は悪くないってことだな！」

ドミニクは勝ち誇ったような顔をする。それを憎々しげに見るナタリー。

おい、ドミニク……お前は反省しろ。お前のせいで俺の体はボロボロになったんだ。

「う……っ……」

今起き上がりましたよーってな感じで声を出す。ん……？　そういえば……全然痛みがないな。と思ったときだ。

「オーウェンが目を覚ましました！」

隣にいたエミリアが大きな声で伝えた。

「オーウェン！　無事なのね！」

ナタリーが駆け寄ってくる。

「あ……ああ。横腹とか腕とか……骨が折れたと思ったけど、なんともないみたいだ」

俺は腕を軽く回して痛みがないことを確認する。ほんとになんともないな。なんなら壊れる前よりもピンピンしているくらいだ。

「ファーレンが回復魔法を使ったおかげよ」

なるほど……そういうことか。さすがは聖女の回復魔法。ここまで完璧に治せるものなのか……。

俺はファーレンの方を向いてお礼を言った。

「お礼を言われるようなことは何も……。私のせいでオーウェンさんは怪我をしてしまい……その……ごめんなさい」

確かに……ファーレンを守ったせいでハイオークに接近され——その結果、俺は怪我を負った。

しかし、治してくれた事実に変わりはない。

「でも、治してくれたんだろ？　ありがとう」

回復魔法ってすごいよな。……それとも聖女がすごいのか？　少し動かすだけで泣きたくなるほど痛かったのに……今は全く痛みを感じない。

「……感謝しないでください」

ファーレンは俯きながら呟いた。

課外活動は、ハイオークが出現するというハプニングがあったため終了。その後、珍しいことにクリス先生に謝られた。そして、ナタリーに心配されたりしながら、俺たちは学園に戻った。

結局……ドミニクが謝りに来ることはなかった。ドミニク……お前、なんか言うことがあるだろ。まじで、死ぬかと思ったわ。

「あー、酷い目にあった……」

俺はぼそっと呟きながら校舎を出たところ、ファーレンが声をかけてきた。

「……オーウェンさん……」

「どうしたんだ……？」

「ちょっと……話があります」

校舎を出た先で女子に声をかけられ、話があると言われた。つまり、これは……告白かな？　告白だよな？　うん、違うだろうな。

「とりあえず、座って話そっか」

近くに空いている3人がけの椅子を見つけ、そこに座り込む。ファーレンも俺に続いて座った。

「話って何？」

「どうしても謝りたくて。……ごめんなさい」

ファーレンは俺の方を向いて頭を下げる。――ハイオークとの戦いの謝罪だとすぐにわかった。

許す、と一言で片付けてもいい。けど……ファーレンはそういう言葉を望んでないように思える。

「なんで、戻ってきた……？」

俺が殿（しんがり）を務めたのに、それが無駄になったわけだ。問い詰めるわけじゃない。単純な疑問。

あんな化け物がいるのに、よく戻ってこれたな……と。

前世のゲームで見たことのあるハイオークは……ただの豚で雑魚キャラだった。だが、実際は恐ろしい化け物で……。

あれ？　そんなハイオークと戦った俺って何気にすごくない？

「オーウェンさんが心配で……。あなたを1人で戦わせることなんて、できませんでした」

ファーレンは顔を上げて答えた。

「俺は逃げろと言ったはずだけど」

治療してくれたことには感謝している。

だけど、ファーレンが来なければ、ハイオークに殺されかけることもなかった……気がする。

「ごめんなさい……。私は……私の選択は間違っていたのでしょうか……？」

ファーレンが正義感の強い子だってことはわかっている。でも、本音を言えば来てほしくなかった。俺はそう思っている。

そういう意味で言えば、ファーレンの行動は間違っていたけど、

「間違いってなんだ……？」

「それは……正しくないことです」

「……具体的には？」

「人を不幸にすることや人を傷つけること……だと思っています。私のせいで、オーウェンさんを

傷つけてしまいました」

　別にファーレンに傷つけられたわけでもないし、今回の一番の原因はドミニクだ。だから、そこまで責任を感じることでもない。

　まあ、ここは年上としてアドバイスぐらいはしておくか。

「じゃあ、次は傷つけないようにどうすればいいか、考えればいいいんじゃないか」

　今回が駄目だったら次に活かせばいい。ただそれだけのこと。

「誰かを救いたいっていうのは間違いなんですか？　私にはそれがわかりません」

　いや、俺にだってわからんよ。そんな救うとか救わないってのを真剣に考えてこなかったし、平和な日本ではこういう事態に陥(おちい)ることはなかった。

「救いたいってのが間違いかは……わからん。でも、人を救うにしても方法は他にもあったと思う」

「でも、オーウェンさんは1人で戦っていました。私1人逃げることはできなくて……」

　いや、俺だって逃げるつもりでいたよ？　飛行魔法が使えないって知っていたら、殿なんて務めなかった。

　だから、ファーレンが考えているような自己犠牲精神は全くない。

「助けようとしてくれたことは感謝してる。……聖女って……みんなそうなのか？　博愛主義ってのも大変だよな」

　もっと楽しいことしよーぜ。頭の中、お花畑にしてさ。パッパラパーって……。ファーレンがそういうタイプでないのは知っているけど。

「私は……人々の模範とならなければなりません……」

「それはなんのために？」

「私が私の理想であるためです」

彼女の瞳から、今までに見たことないほど決然とした意志が感じられた。しかし同時に、彼女から危うさを感じ取った。

「もう少し……肩の力を抜いていいんじゃないか？」

「肩の力を……ですか？」

「その生き方って疲れるだろ。ていうか、見てるこっちが疲れるんだよ」

「……そんなこと言われましても」

「理想を持つことは否定しない。でも、その理想で……生きづらくなってるぞ」

「そんなことありません！　私は理想のためなら——あの人の理想のためなら！　自分がどうなろうが構いません」

ファーレンは力強く言い切った。一本の筋が通った人は素晴らしい。だが、その筋が切れたときに立ち上がれなくなるんじゃないか、と考えてしまう。

それはまるで一本の槍。

真っ直ぐな信念は強い武器になる。しかし、一度折れてしまった槍は二度と使いものにならない。

……そんな危うさ。

前世でも強い信念を持っていた友人が、ぽっきりと折れたように……やる気をなくしたのを見たことがある。その姿と、今のファーレンが重なって見える。

「あんまり深くは考えるな。悩んだら誰かに相談しろよ」

「私には相談できる相手がおりません」

「それなら俺に相談すればいい。俺ぐらいだったらいつでも相談に乗るぞ」

一応、俺の方が前世を含めると年上だし、軽いアドバイスならできる。くれぐれも軽いものにしてくれよ？

「はい……。そのときはお願いします」

ファーレンは少し迷ったような素振りを見せてから言った。

「おう。任せとけ」

いくらでも相談に乗ってやろう。恋愛だけは無理だがな。なぜなら、俺は前世を含め一度もモテた経験がないからな！


ハイオーク戦の後、森に他のハイオークがいないか確かめるために調査隊が派遣されたが、ハイオークは俺が遭遇した個体だけだったらしい。

そして、あの一戦以降、特に問題なく日々を過ごしている。

少し肌寒くなってきた季節。

ナタリーと遊んだり、エミリアと話したり、ベルクが女子に囲まれてるのを見たりとそんな毎日。

こういう何気ない日常がいいんだよな。

そして、もはや日課となったターニャとの練習を終え、彼女を女子寮まで送っている途中だ。

「君って……紳士だよねぇ。なんで悪評が広まっていたのかな？」

「若気の至りです……」

「あははは。大人……みたいなこと言うのね。ところで、オーウェン君、明日は暇？」

明日は休日となっている。

１週間は火、水、土、風の四大属性に加え、聖、陰、無を入れた7つの属性にちなんで、それぞれ火日、水日、土日、風日、聖日、陰日、無日で構成される。そのうち休日は陰日と無日にあたる。

そして、明日は陰日。日本でいう土曜日のような感じだ。

「いえ、特に予定はないですけど」

「そう？　それならちょっと付き合ってくれないかな」

「あ、はい。よろこんで」

俺はふたつ返事で了承した。可愛い先輩からのお誘いを断る理由がない。

「明日は正門の前で10時集合ね」

「承知しました！」

俺は敬礼の形を取って、ターニャを見送った。その後、急いで寮監に連絡を入れ、外出の許可をもらった。


翌日。俺は朝早く起きてからシャワーを浴びた。そして、植物性油脂の整髪料で髪を整える。

「よし──完璧！」

鏡に映る自分の姿を見て、決まっていることを確認する。前世でも大事な日は髪を整えていた。

そして、学園の正門に時間よりも20分以上早く到着した。

「オーウェン君、お待たせ」

「全然、待ってませんよ。今来たところです」

ターニャが来たのは集合時間の5分前。15分ぐらい待っていたが、そのことは言わない。

休日であるものの、俺とターニャは制服を着てきている。服をどれにしようか迷ったが……結局、制服にした。

ターニャも制服で良かった。

「あれ？　そのピン留め可愛いですね」

ターニャはミディアムでふわふわの髪に花模様のピン留めを着けている。

「気づいてくれた？　これお気に入りなのよね」

ターニャは嬉しそうにする。

「オーウェン君も、髪ばっちり決めていていてかっこいいよ」

「あ、ありがとうございます」

家で30分以上かけてセットした甲斐があった。

「まずはどこに行きますか？」

「え、オーウェン君が考えてくれてるんじゃ……」

「す、すいません。考えてませんでした」

そもそも、王都にそこまで詳しくない。

「ふふ、冗談よ。まずは市場に行きましょ」

学園街は王都の東に位置する。学園の正門を出てまっすぐ歩くと、王都の西門があり、そこまでの通りが市場となっている。

市場は人で溢れかえっていた。

店を構えているものもあれば、屋台もある。食べ物のみならず、花や服など多種多様な品が雑多な感じで売られていた。

裏通りに行くと危ないものも売られていると聞くが、メインの通りなら危険は少ない。

さすがに危ないから裏通りには近寄らないが、何が売られているか興味がある。

「今日は人がいっぱいだね！」

ターニャはあちこちと視線をさまよわせながら言った。休日ということもあり、ごった返した市場で人を避けながら歩く。

店のスタッフが必死に呼び込みをしており、どこもかしこも喧騒に包まれていた。

「ターニャさん、ここは初めてですか？」

初めて訪れたような反応をするが……。ってそんなわけないか……。ターニャは3年生だし。

「2、3度友達と訪れたことがあるけど……最近は来てないわ」

ターニャは少し寂しそうに笑った。

「今日は僕で良かったんですか？　その……友達とじゃなくて」

「ううん、大丈夫よ。友達はやめちゃったから」

なんか、気まずいことを聞いてしまったな……。と、1人で勝手にうーんと唸っているときだ。

ターニャが「あっ」と小さい声を上げて走り出した。

「ねぇ、オーウェン君！　見て！　たくさんの花がある！」

ターニャの指さした先には、色とりどりの花が咲いていた。路上にバケツが置かれており、その中に花が敷き詰められている。

花屋の近くまで行って眺めると、花の香りが鼻腔をくすぐった。

某アイドルの歌が脳内で再生される。……オンリーワンって良い言葉だよな。ナンバーワンを目指すよりもオンリーワンを目指す……。

死ぬまで競争。一番を目指していたら、ずっと競争しなければいけない。そんな人生は大変だ。オンリーワンなら他の人のことを気にする必要はない。気楽な人生が送れる。そんな人生も素敵だな、と考えているときだ。

ターニャが紫色の花を1つ手に取ると、「……綺麗」と呟いた。

「すみませーん！」

店員さんを呼び、そして、ターニャの持っていた花を指さす。

「これ、ください！」

値段がそれほど高くなかったこともあり、俺は財布からお金を取り出して紫の花を1つ購入する。

「え、買ってくれるの？」

「もちろん」

ちょっと気障なところでも見せよう。店員さんから花を受け取るとターニャに渡す。

「ありがとう。一生……大事にするわ」

「そんなに持ちませんよ」

切られた花ってのは、どれだけ丹精込めてもすぐに枯れてしまうものだ。買った瞬間が一番綺麗であり、その短い間を愛でるのがいい。

そうして、市場を見て歩いていると、12時を知らせる時計台の鐘が鳴った。

「もう、お昼なんだ……。そろそろ食事にでもしない？」

「そうですね。店の中に入りますか？」

「うーん、せっかくだから、屋台で買って近くの広場で食べましょ」

そう言って、適当に食べ物を買って近くの広場に腰を下ろした。広場の中央には噴水がある。

噴水の真ん中に精巧に作られた裸の男性像があり、胸に手を当ててどこか遠くを見ている。

ヨーロッパの観光地にありそうな銅像だ。

ターニャが肉や野菜を厚い生地で挟んだトルティーヤのようなものを食べた。ちなみに俺のは卵とベーコンを生地で挟んだものだ。

「あの銅像の人って何をした人なのかな？」

ターニャは目の前の銅像を指差しながら言った。

「なんかすごいことをした人じゃないですか……？」

「……適当ね。もうちょっと……なんかあるでしょ」

「何もありませんよ。あの像について知らないんですから」

「銅像になるってぐらいなら……きっと英雄よね。すごいわね」

「ターニャさんも自分の姿を模した銅像を作って欲しいんですか？」

「そんなことないよ……。だって、恥ずかしいじゃない。自分が死んだあともこんな多くの人が行き交う中で佇んでいるのも……。でも、ちょっと羨ましいかも。だって、あの人は神様からすごい役割を与えられて、それを成した人よね」

「神様はそんな暇じゃないです」

「え……？」

俺は神様が存在することに懐疑的ではない。いるかもしれない……くらいには考えている。前世の地球もそうだし、この世界もそうだが、人間が生まれてくるのは奇跡的なことだ。そんな奇跡が起こり得るなら神様がいたって不思議ではないと考えている。

正確には、いるかいないかは証明できないため、わからないというのが俺の意見だ。そして、神様がいると仮定した場合の話をしよう。

「神様は僕たちひとりひとりに役割なんて与えてくれません。そもそも、神様はこの世の全員に役割を与えるほど暇じゃないです。世界を作っておいてあとは放置……あとはどうぞ、好き勝手にやってくださいって」

ターニャは一瞬キョトンする。直後、

「あは……あははは……」

と、腹を抱えて笑い始めた。

「何かおかしかったですか……？」

「いえ……違うの……。そんな考えもあるんだなって……。でも、君の言う通りね。神様も暇じゃない。――私たちは自分の意思で生きているのね」

「はい。自分の意思で生きています」

俺は立ち上がり、

「そして、自分の足で立っています」

そう言ってターニャの方を見た。

「何言ってんの？　全然かっこよくないよ」

「すみません。調子に乗りました」

ちょっと、恥ずかしい……。そんな感じで昼休憩をとったあと、時計台にいくことにした。

広場から歩いて30分の距離にある。

時計台はどこからでも見えるように作られており、迷わず向かうことができる。ターニャとくだらない話をしながら、歩いているときだった。

「きゃあ――！　泥棒よ――」

女性の悲鳴が聞こえてきた。それと同時に、フードを被った男が走って路地裏に入るのが見えた。

「ちょっと待ちなさい！」

ターニャは男性の入った路地裏に迷わず入っていった。

思いっきりがいいなーと思いながら、俺も彼女に続く。だが、路地裏は複雑な作りになっており、男性をすぐに見失ってしまった。

「……どうしよう」

「大丈夫です。ちょっと空に浮かびますので、ここで待っていてください」

そう言って重力魔法を使って飛び上がった。真上から見ると、複雑な路地裏の構造もよくわかる。

「いた――！」

俺は逃げ去る男性を見つけると、一気に彼のいるところまで行った。

「ははは、ちょろいぜ」

男は追手がいないと安心したのか、道端に座る。そのタイミングで、

「ダメだよ……お兄さん。ちゃんと上も警戒しないと」

「誰だお前⁉」

と言って突然、男は殴りかかってきた。話し合う気はないようだ。

――――身体強化。

俺は拳を避けると同時に、すばやく男の腹に一撃を入れた。

「ガ……ッ……！」

男がその場にうずくまると、俺は彼が手に握っていた財布を取り上げる。ふー、これで一見落着。

で……この男、どうしよう？　とりあえず土で固めておくか。土魔法を使って、手や足を土で拘束し、男の自由を奪った。

そして、もう一度空を飛んでいき、ターニャが待機していた場所に戻った。

「取り戻してきましたよ」

「さすがは、【飛翔】のオーウェン君ね」

空が飛べるから飛翔……ってそのままじゃないかい！

「まあ、このくらいは……」

俺は頬をかきながら、照れを隠す。

「それで……男の人はどうしたの？」

「土で固めて放置しました」

「わお、やるね……。じゃあ、早速財布を返しに行きましょ」

俺たちは財布をもとの人に返した。ついでに、財布を盗んだ男を自警団に引き渡す。

するると、夕刻が迫る頃になっていた。

「だいぶ遅くなっちゃったね。……でもいいことしたから気分がいいよ」

「そうですね。一日一善ですからね」

「一日一善？」

「はい、東洋の言葉に一日一回いいことしようってのがあります。今日もいいことしましたね」

日本のことわざだが、日本はこの世界にはないし、とりあえず東洋って言っておこう。

「へー、一日一善か……。いい言葉ね」

「では、帰りましょうか」

「え……何言ってるの？　まだ時計台に登ってないよ」

「だって……もう入場できる時間過ぎてますよ」

「ふふ、大丈夫よ。だってオーウェン君、空飛べるでしょ」

「もしかして無断で入れってことですか？　バレたら――」

「バレない、バレない。さ、ちゃっちゃと飛んじゃいなさい」

そう言って、ターニャは手を広げる。ターニャを抱いて飛べってことかな？　それ自体は嫌じゃないけど、

「わかりました。――でも、ここでは飛びませんよ。時計台の下に行ってからです」

さすがにここから飛んで向かったら、目立つ。そして、目立った状態で時計台に入ったら、俺が侵入したってバレる。だって、空を飛べる人間って俺しかいないし。

「ええー……まあいっか……」

時計台の下に着くと、ターニャに背中を向け、腰を低くした。

「乗ってください」

「はーい。では、行きまーす」

そう言ってターニャは俺の背中に乗る。

――ふにゅっ
何か柔らかいものが背中に当たっている……。そういえばターニャは巨乳。うむ、中々に良いものだな。

「オーウェン君……？」

「あ、いえなんでもありません……。じゃあ、行きますよ」

健全な下心を自分の胸にしまい込むと、ターニャを背中に乗せ時計台の頂上まで飛んでいった。

「わあ、すごーい。――すごいね、オーウェン君！」

ターニャは嬉しそうに声を上げる。そして、時計台の中に到着すると、ターニャを下ろした。

「空を飛ぶって……気持ちいい！」

「そうですね。いつもやっているのでだいぶ慣れましたが」

「羨ましい。こんな広い空を自由に飛べるってどんな気分なんだろ」

そう言って彼女は時計台から王都を見下ろした。

「わー、見て見て！　綺麗よ！」

彼女は手すりにもたれかかり、上半身を外に出す。俺もそれに続いて外の景色を見る。

「……綺麗ですね」

ここからは王都の全体が見えた。日が沈みかかった王都は……綺麗だった。ポツポツと明かりが見え、オレンジ色の街並みがノスタルジックな雰囲気を醸し出している。

「この景色……私は忘れないよ」

ターニャは小さく呟いた。

「また……いつでも連れてきてあげますよ」

「ありがとね、オーウェン君」

彼女はぱっと桜が咲いたような満面の笑みを浮かべて言った。気のせいだろうか？　……彼女の瞳から涙がこぼれているように見えた。

「ターニャさん……？」

「なに？」

もう一度見た彼女の顔には涙はなかった。見間違えだったかな？

「そろそろ戻りますよ」

「そうね……」

ターニャは名残惜(なごりお)しそうに王都を見ながら言った。

重力魔法を使って地面に降りる。

そして、学園の敷地内に入り、ターニャを送るため女子寮の前まで来た。

「今日は、急な呼び出しに応じてくれてありがとう。本当は１人で来るつもりだったけど……。君と一緒に回れて楽しかったわ」

「こちらこそ、ありがとうございます。こういうことがないと、家でだらだらするだけですから」

「学生なんだから……もっと遊びなよ」

彼女は寂しそうな笑みを浮かべた。

「ターニャさんも学生ですよ」

「それもそうね……。じゃあね、オーウェン君」

「はい、おやすみなさい」

女子寮の前で俺たちは別れた。

ターニャには最近楽しみがある。それはオーウェンと魔法の練習をする、夕刻の時間だ。

学園に来て2年と半年。この学園には……馴染めなかった。平民のターニャからするとこの学園は合わなかった。

貴族と平民の差がない学園。実力主義を謳(うた)っているこの学園だが、それでも貴族と平民が仲良くすることはめったにない。

そこには——目には見えない境界線がある。

それに結局は魔法の実力も貴族の方が上だった。魔力は遺伝的な要素が大きい。両親とも魔力を持たないターニャは、魔法の才能に恵まれなかった。

この学園の貴族は大抵、ターニャたちのような実力もない平民を疎(うと)ましく思っている。

ただ、そんななかでオーウェンは違った。最初から、不思議と彼とは話せる気がした。伯爵家の嫡男という、ターニャから見れば天上人のような立場の人なのに。

「雰囲気かな？　どことなく弟に似ているからかも」

そんなオーウェンと、一緒に魔法の練習をする毎日。一番の友達だった子がこの学園を去ってから、久しぶりに楽しいと思えた。

「学園に来て良かったな」

ターニャが授業後、魔法の練習をしようと思ったのもオーウェンの存在があったからだ。

たまたま、夕方の時間に1年生の訓練所の前を通り過ぎる機会があった。そこで、１人で魔法の練習をしている少年を見つけた。

その少年がオーウェン。

あの、カイザフ対オーウェン戦はターニャも見ていた。カイザフが勝つと予想していたため、オーウェンの勝利には衝撃を受けた。

そのときは、1年生にもすごい子が出てきた程度にしか思わなかった。

そういう天才は、どの代でもいる。だけど……あの日、１人で魔法の練習をしているオーウェンを見て考えが変わった。

自分が天才だと思っている人たちも努力しているんだ、と。それに比べて、ターニャは今まで何をしていたのだろうか？

この学園に来てから、特に目標もなく過ごしてしまっていた。

それを才能のせいとか、貴族がどうとか……結局、自分が線を引いていたのかもしれない。

何もできないまま、ここを去るのが嫌で……ターニャも魔法の練習を始めたのだ。

そして、オーウェンと仲良くなり、一緒に王都も回れた。――最後にいい思い出ができた。

先日のことを思い返すと、つい頬が緩む。もし、オーウェンと同じ学年だったら……。

いや、クラスが違うか……。彼は将来を有望視された少年。きっと、同じ歳だったとしても、関わりはほとんどなかっただろう。

「……今日は遅いな……最後だってのに」

と、オーウェンを待っているときだ。

「ふんっ、平民風情がこんなところで……無駄な努力だな！」

訓練所に、生意気そうな少年が現れた。

◇◇◇

授業後、俺はクリス先生のところに向かった。訓練所を使わせてもらう代わりに頼み事をされるという奴隷契約。

今回は、以前から頼まれていた商業エリアにある有名店の焼き菓子。それを買ってきて、お菓子が入った袋を先生に渡す。

「クッキー買ってきましたよ。……買うのに結構並んだんですからね」

最近流行りの店らしく、買うのに1時間以上も待たされた。その店を訪れる人は女性が多いため、ナタリーについてきてもらったのだが、

「誰に買っていくの？」とジト目で聞かれて、

「クリス先生」と答えたら、

「先生のことが好きなの？」

と、疑われてしまった。……そんなわけないだろ。

生徒と先生で恋愛に発展することがないとは言えないが……クリス先生をそういう対象として見ることはない。

「あの店に行列ができるのは知ってるぞ。以前行ったときに買えなかったからな。だから、お前に行かせたんだ」

クリス先生は俺が渡したクッキーの入った袋を開ける。そして、中からクッキーを１つ摘んで口に入れた。

「うまいな……！」と、目を輝かせた。

「お前もどうだ？」

そう言って、開けた袋を差し出してきた。

「大丈夫です。自分は別に買ってありますので。それより、公私混同してません……？」

「はっはっは。まあ、小さいことは気にするな。お前は訓練所を使えて、私は美味しいクッキーを食べられる。お互い好都合じゃないか」

「それは……そうですけど」

実際、訓練所を使わせてもらえるのは、だいぶありがたい。ターニャとの練習も楽しいし。それに重力魔法や強力な魔法の練習をするときは、学園の訓練所のような広いスペースが必要になる。

「それで、夜の特訓とやらは順調か？」

彼女はポリポリとクッキーを食べながら聞いてきた。

「少しずつですけど、魔法が上手く使えるようになってます」

同じ魔法を使うにしても、威力や精度は確実に上がっている。それに魔力制御は才能がなくても努力でなんとかなる、とカザリーナ先生が言っていた。

「魔法使いとしてお前は誰よりも成長している。——これからも頑張りたまえ」

クリス先生は少し真面目な顔をして言った。三ツ星のクリス先生に魔法のことを褒められるのは、やはり嬉しい。

「はい……頑張ります」

俺はそう言ったあと、職務室を出た。そして訓練所に向かう。初等部の訓練所に見える影が１つ。

「ごめんなさい。ちょっと遅れました……」

ターニャを見つけて駆け寄った。

「……オーウェン君」

ターニャはいつもよりも元気がなさそうだった。

「どうしましたか？」

「ううん、なんでもないわ。……さあ、始めましょ」

彼女はブンブンと首を振って笑顔を浮かべた。だけど、練習中、ターニャはずっと元気がないように見えた。

どうしたんですか？　と聞いてもなんでもないと言われる。

ほんとにどうしたんだろう?

そして次の日。今日は久しぶりに魔力制御の授業があるということで、俺は張り切っていた。

ふふん! 見ておれよ。この俺の成長を! 俺は右手に魔力を込める。

「火球……!」

3メートルくらい離れたところでぼわっと火球を発生させた。

どうだ、見たか! と周りを見ると、みんな自分の魔法の練習に精一杯で俺のことを気にしている人はいなかった。と、そんなとき。

「オーウェンは……すごいね」

ベルクが話しかけてきた。わお……珍しい……。ベルクに褒められるとは思ってなかった。

「お、おう。そうか……。ありがとう」

俺とベルクは別に仲がいいってわけじゃない。

お互い顔を合わせれば話すが……。なぜだかベルクとは距離を感じる。お互いを意識しているっていうか……。

「僕も……うかうかしていられないな」

今日もベルクは1人で練習をしていた。

「ベルクの方がすごいと思うよ」

接近戦では初等部最強。いや……中等部や高等部を含めても、接近戦でベルクに敵う者はいない。

……何、この子……恐ろしい。

「僕はそんなことない。オーウェンの方が――」

「ちょっと、ストオォォォップ！　これ以上はやめよう――な！」

男同士の褒め合いって……ちょっと気持ち悪いんだけど。

「うん、そうだね。――でも、僕の目標は君だ」

「俺が目標……？」

「君に勝つことが僕の目標。君の才能に打ち勝つことだ」

俺って目標に思われるような存在だっけ？　クリス先生とかならわかるが……。

ベルクと話したあと、俺は魔法の練習を再開した。クリス先生は他の生徒に取られているため、自主練を続ける。すると、

「そう言えばあいつ、あの平民。なんて名前だっけ？　ターニャだっけ？　学園やめるらしいな」

ドミニクが俺に聞かせるように、わざとらしく言ってきた。

「なんだよ……やめるって。それにどうしてお前が……」

俺はドミニクをじろりと睨みつける。

「昨日、平民で無能なんだから失せろって言ってやったらな！　もうやめたってよ。ぶはははは。傑作だ！　平民なんかが俺と同じ土俵に立っているのがおかしいんだ！」

ドミニクの言葉にぶちっと俺の中の何かが切れる音がした。

はっ、お前はなんでそういうこと言うかな？　苛つかせること言うなよ。ていうか……お前のこと許してないからな。

「――おい、取り消せ」

地を這うような低い声で言った。

「何をだ――？」

「無能って言葉だよ」

ターニャには才能がある。精霊魔法を使えるのは、すごい才能だ。たとえ、魔法の才能がなくても、彼女は努力している。

「お前が馬鹿にしていい人じゃない――！」

「無能を無能だと言って何が悪い……？」

ドミニクは、嘲笑（ちょうしょう）を隠さない目つきで俺を見返す。

こいつは――以前の俺だ。自分が全て――自分が中心で世界が回っていると考えている節がある。貴族のプライド。そのちっぽけなプライドを脅かそうとするものに対し、攻撃的になる。だが――なまじ才能があるため厄介だ。

「お前――平民と遊んでるらしいな！　さすがは落ち目のペッパー家。今のうちから平民としての暮らしでも学んでいるのか？　それにしても、あの平民は立場をよくわかってるじゃないか！　自分がゴミクズのような存在だと！」

「お前は……そんなに偉いのか？」

「あん……？」

「人を馬鹿にするほど偉いのかって聞いてんだよ!?　ターニャさんはゴミクズじゃない！　お前の方がゴミだ――ドミニク！」

ヒートアップする口論。その騒ぎに気づいたファーレンが止めに入る。

「2人とも落ち着いてください！」

「黙れ、ファーレン！」

ドミニクは一蹴した。

「ああ、偉い！　侯爵家の俺が偉いのは当たり前だ！　そんな俺と平民が同じ場所で学んでいることがおかしい！　間違ってんだよ！　平民は全員、やめてしまえ！　目障りなんだよ！」

「なあ、ドミニク……。いい加減気づけよ。お前だって……威張るほどの才能ないだろ？」

「才能がない……だと？」

「ハイオークの前で震えて何もできなかったじゃないか？　能無しはお前の方だ！」

「オーウェン！　てめぇぇぇぇ――――！」

ドミニクは激昂した状態で、すっと右手を向けてきた。そして――――、

「――――炎弾！」

炎の塊が俺に向かって飛来する。対して俺は、

「大火球――――！」

炎の魔法同士がぶつかり合う。それが爆音となって俺の耳に入ってきた。

「が……はっ……」

ドミニクが膝を折って、地面に手をつく。

「お前では……俺に勝てねェ」

蹲っているドミニクを見下ろしながら告げた。俺は間違いなくドミニクよりも強い。同じ火魔法の使い手同士のため、実力差が明確に出ている。

俺はターニャに会いに行くため、訓練所を出た。後ろでクリス先生が「おい、授業中だぞ」と呼び止める声が聞こえてきたが無視する。

ドミニクが言っていたことが本当なら、ターニャはもういないかもしれない。――そのことに焦りを感じた。

俺は3年生がいる階に行ってCクラスに顔を出す。

「君！　今は授業中だぞ」

「あ、えっと、すみません。あの、ターニャさんはいますか？」

「ターニャはいない。そんなことより、お前――」

「すみませんでした。失礼します！」

クラスにはいなかった。まさか……本当に学園を去ったのか？　そんな……。別れの挨拶すらしていない。

どこに行けばいい？　どこに行けば会える？　俺は女子寮に向かった。

――そして、女子寮に着くと彼女がちょうど出てくるところだった。

「ターニャさん！　なんでやめるんですか！？」

「え……オーウェン君……どうしたの急に？」

「急にって……それはこっちのセリフです！」

2人で王都を回ったときも……そんなこと一言も言ってくれなかった……。

「これは……もうずっと前から決めていたことなの」

「ずっと前って……。なんで教えてくれなかったんですか？」

「オーウェン君とは最後まで楽しくやっていたかったんだ。それに……湿っぽい感じとか好きじゃないの……」

ターニャは目を細める。笑っているようで泣きそうな表情。

「なんで……やめるんですか？」

「ここは私のいるべき場所じゃなかった。ちょっとだけ魔力があって学園に入学できたけど……私には才能がない……」

「ターニャさんには才能があります。精霊魔法だって使えるじゃないですか！」

「それしか……使えないわ。魔法使いとしてやっていける才能じゃない」

「そんな、でも……。だからってやめることは……」

「学園で過ごすだけでも……すっごくお金がかかるの。それでもここを卒業して――魔法使いとして生活できるのは一部の人間だけ。貴族様と違って私たちのような者は才能が全てなのよ……。早く見切りをつけたの」

そんなこと言われたら……何も言えないじゃないか……。立場が違う。俺みたいな貴族のぼんぼんが言えることは何もない。

「ううん……。これは嘘だ。私は努力をしてこなかった。オーウェン君と魔法の練習をするようになって……まだまだできたことがあったんだって。ダメだね。遅すぎよね」

「ターニャさん……」

「短い間だったけど、一緒にいられて良かった。オーウェン君はきっとすごい魔法使いになる。才能もあって努力も人一倍していて……。いつか、オーウェンというすごい魔法使いと一緒に魔法を練習してたんだって。みんなに自慢するの」

「……やめてください。そんな、お別れみたいなこと言わないでください。また、一緒に練習しましょう。もっと2人で——」

「ありがとね。オーウェン君」

ターニャは俺の言葉を遮るように言った。そんな寂しそうな顔で笑わないでください。あなたはいつもそうやって笑って誤魔化す。

「ターニャさんがいない練習なんて……そんなの嫌です」

ターニャは駄々を捏ねる俺に近づき、優しく頭を撫でる。彼女から鼻をすする音が聞こえた。

そうだ……。寂しいのは俺だけじゃない。それなのに、彼女は笑って見送られようとしている——。そんな彼女に、俺がしてやれることは……わがまま言って引き止めることじゃない。

「……ターニャさん……お疲れさまです」

彼女の今までの頑張りを認め、しっかり送り出してあげることが、今の俺にできることだ。

「じゃあ……さよなら」

「……またね……ですよ」

「オーウェン君。次に会えるかわからないときは……さよならよ」

「ターニャさんときっとまた会います。だから……またねで合っています」

「そっか……。またね、オーウェン君」

ターニャはそう言って、俺に背中を向けて歩き始めた。その背中をただ黙って見送る——なんてことはしない。

「ターニャさん！　待ってください！」

「え、今感動的なお別れしたじゃない……？」

「――まだです」

「何が？」

「まだ……ターニャさんは卒業していません！」

「どういうこと？　卒業って？　私は卒業じゃなくて退学よ」

ターニャは眉を寄せて困惑したような顔を作る。

「ターニャさんを退学なんてさせません！」

「どういう――」

「――今から卒業試験をします！」

こんなすごい人が退学なんておかしい。公的な意味を持たなくても、彼女がここにいた証を残す。

しっかりと卒業させてあげたい。

「卒業試験……？」

「はい。今からサンザール学園初等部の卒業試験を行います」

「え、今から？」

「はい。今からです」

俺は頷いて、ターニャの戸惑いをみせる瞳を見つめた。

「わかったわ……。それで、何をやればいいの？」

「この場にあるものを使って魔法を表現してください。なんでもいいです。ターニャさんが表現したいものを自由に表現してください」

俺も自分で言ってて、でたらめなことを言っていると感じる。

でも――ターニャをこのまま行かせたくない。何か、この学園で学んだって証を残してあげたい。

ターニャがキョロキョロと周りを見た。近くに小さな池があり、まっすぐそこに向かっていく。

そして、迷わず池の中に足を入れた。膝まで水に浸かっており、スカートが濡れる。だが、ターニャは気にしない。

「オーウェン先生……卒業試験を始めますので見ててください」

ターニャはそう言って目を閉じた。

「海猫よ、戯れのもとに現れたまえ」

猫の形をした精霊がターニャの前に現れ、彼女の周りをぴょんぴょんと跳ね回った。

「生命の根源たる水よ、その力を貸したまえ」

ターニャの詠唱とともに、彼女の足元から水が吹き出し、彼女を押し上げる。そして――ターニャはその中で踊り始めた。

彼女が舞うたびに水が跳ね、水泡となって輝く。小さな水の球がキラキラと光を反射する。

猫も楽しそうに彼女の周りを動く。クルクルと。

ターニャが踊っている場所で小さな虹が見えた。穏やかな日差しの下、彼女は水と戯れる。――それは……幻想的な光景だった。

自然と涙がこぼれ落ちる。

やめて欲しくない。

もっと一緒に練習したかった。

話したいことがたくさんあった。

――バシャンッ。

ターニャの魔力が尽きたのか、彼女を押し上げていた水が散った。

最後に、猫がターニャの頬にすりすりして消えていった。

「どう……だった？　私……ちゃんと卒業できた？」

池の水でぐっしょりと濡れたターニャが尋ねてきた。

「はい……。文句なしの合格です。ターニャさん。ご卒業……おめでとうございます」

ターニャの瞳から、しずくがこぼれ落ちる。

身体中びしょ濡れの彼女だけど、それが涙だと……はっきりとわかった。

「オーウェン君……本当に、本当にありがとう。私はサンザール学園を卒業します」

ターニャはこの日――サンザール学園を卒業した。

「――――気に入らない」
ドミニクは、学園に来てから気に入らないことばかりだった。……オーウェンが気に入らない。
ナタリーもベルクもファーレンもクリスもエミリアも……自分を認めない全てが気に入らない。

ドミニクは侯爵家の高貴な生まれで、それに見合う魔法の才能だってある。

称賛はされても――馬鹿にされることなんてなかった。むしろ、周りはみんな馬鹿で無能だと信じている。

「あいつだけは……絶対許さない……」

オーウェン・ペッパー。やつが褒め称えられているのが……何よりも気に入らない。みんな馬鹿ばかり。見る目が全くない。ただ、空を飛べるだけじゃないか……。

自分より身分が低いのに偉そうにしているのが気に食わない。オーウェンの全てが気に食わない。

そもそも、最初の出会いから気に食わなかった。まるで自分を見下すかのような表情。あの憎たらしい顔を思い出すと、

――ドンッ！

ドミニクは壁を力強く殴った。貴族であるにも関わらず平民と仲良くしている。オーウェンの、そのありようが気持ち悪い。反吐（へど）が出そうだ。

貴族が偉いのは当然だ。それは疑いようがない事実。

それに反感を抱くオーウェンが信じられない。そんなオーウェンに、

「無能だと!?　俺のどこが無能だ！」

バカにされたことが……訓練所のことが腸（はらわた）が煮えくり返るほどドミニクを苛立たせた。

「俺が勝てないだと!?　ふざけるな！　ふざけるな！　ふざけるな！　俺を誰だと思っている！

侯爵家の俺を……この俺様を！」

間違っている。自分のことを認めない、全てが間違っている。自分がこんなに蔑まれることが間

違っている。

「俺は偉いはず……。そんな俺がどうしてゴミみたいなやつらに……」

いっそのこと間違っているものは全て壊してしまいたい。と、そんな衝動に駆られたときだ。

「やあ、ドミニク君」

知らぬ間に、黒髪の少年が隣に立ってドミニクを覗き込んでいた。

「だ、だれだ⁉　貴様」

そう言ってドミニクは黒髪の少年の胸ぐらを掴みかかろうと動く。

「お、とっと」

だが、黒髪の少年はひょいっと身を翻した。

「いきなり暴力は良くないよ」

「お前は——誰だ！？」

「僕はレオ。一応、君の先輩にあたるよ。僕のことはどうでもいいじゃないか。それより、力が欲しくないか？」

「力？　そんなもの……」

いらない、とは言えなかった。

「いらないの？　このまま馬鹿にされたままでいいの？　オーウェンに負けたままでいいの？」

「うるさい！　黙れ！」

ドミニクはレオに殴りかかった。が、しかし、

「おっと、危ない。さっきも言ったけど暴力は良くないよ」

レオに軽々と避けられてしまう。

「丸焦げにされたくなかったら、出ていけ――！」

ドミニクはそう言って魔法を放つ準備をする。それに対し、レオは冷静な声で言った。

「……落ち着きなよ。僕は君と殴り合いに来たわけじゃない――取引に来たんだ」

「取引……だと？」

「そう……取引だ。もう一度聞くけど、力が欲しくないか？　もう誰にも馬鹿にされない圧倒的な力を」

「ふんっ、そんなものがあるはずが――」

「あ、そう。じゃあこの話はなしだ。じゃあね」

レオはあっさりと身を翻して去っていこうとする。

「ま、待て！　……話だけは聞いてやろう」

ドミニクは、手を伸ばしてレオを呼び止める。レオはにやっと笑みを浮かべて振り返った。

「僕が……僕の知り合いが魔力増強のクスリを開発したんだ」

「魔力増強……？」

「魔力量が増大するクスリ。それも、このクスリを飲めば魔法の威力も格段に上がる。……君の嫌いなオーウェンもイチコロだ」

「格段だと……？　そんなうまい話が……」

「あるわけないと？　それがあるのさ！」

レオは両手を広げて、高揚したように語り始める。

「魔法とは常に進化している！　昨日できなかったことが今日できないという保証はどこにもない！　そして、その魔法の原点とも言える魔女！　彼女のためなら――――！」

目に力を込めてレオは語った。

「……おっと、これは失礼……それでどうかな？　クスリは欲しくないか？」

「…………」

ドミニクは悩む。そんなうまい話があるのか……？

「ねえ、オーウェンを倒したくない？　みんなを見返したくない？　君は才能もあって侯爵家という高貴な存在。そんな選ばれし君が馬鹿にされるのが間違っている。――僕はその間違いを許せない。なら正すしかない」

レオの言葉にドミニクは拳をぎゅっと握る。

「さあ――選んで。このまま馬鹿にされたままの未来か……それとも力を手に入れて周りを見返し、称賛される未来か……。君はどっちがいい？」

レオはそう言ってドミニクに手を差し出す。掌には、白いクスリが入った袋があった。

これを手に取れば……変えられる。この間違った現実を……。既に決心はついていた。

「俺は――」

ドミニクは少年の手を取った。

第三幕

季節は冬に差し掛かり、厚手の服を着ている生徒が増えてきた。この時期は冬用の制服を着る人が大半だ。ただし、それだけでは寒いため、最近では通学用に外套を羽織っている。

教室の中は、それほど寒くなく外套を脱いで授業を受けている。

クリス先生はホームルーム後に、みんなを見つめながら言う。

「来週から期末テストがある。ちゃんと勉強しておけよ」

その言葉に教室は騒がしくなった。

——えー、テストやだぁ……。

——どうしよう。私、もう中間テストまでの範囲忘れちゃった。

テスト自体は1年に2回あり、1回目のテストはハイオーク戦の直後にあった。筆記は前世の知識を生かして、好成績。さらに実技に関しては、筆記よりも成績が良かった。

期末テストも高得点を取れるだろうな、と高をくくっている。

これが転生チートだ！　わーはっは。……そんな余裕ぶっこいていると、足元をすくわれるんだけどな。


と、そんなこんなで1週間が過ぎ、期末テストが始まった。

試験期間は3日間。最初の2日間で筆記試験があり、実際に受けてみるとどれも簡単な問題だった。前世の記憶があるってのは、中々チートだよな。

そして3日目に突入し、実技試験が始まる。試験科目の1つに得意な魔法を発動するものがある。

俺は重力魔法を使った。……この魔法が俺の代名詞だからな。

なんたって俺は【飛翔】のオーウェン！　これを見せないで何を見せる？

「引力解放――」

10メートルの高さまで飛び、空を駆ける。と、まあこれだけだとつまらないから、ちょっと、魅せてやろうじゃないか。

俺は空中でバク転し、ついでに高速移動。

――いいぞ、いいぞー！

――おおおお！

観客の応援が気持ちいい。楽しく飛んで地面に着地する。

「オーウェン……。実技試験は遊びじゃないぞ。減点な」

オーマイガッ！　クリス先生に怒られてしまった。調子に乗りすぎたようだ……。自重しよう。

次にベルクが身体強化を使い剣技を見せた。身体強化は魔法ではないが、そこは問題ないらしい。

居合斬りをしたようだが、速すぎて動きが見えなかった。

え、音があとから聞こえてきたんだけど？　気のせいだよね？

そして、ナタリーは雷魔法、ファーレンは聖魔法を使う。

最後に……ドミニクの番になった。ドミニクが訓練所の真ん中に立った。やけに静かだなと思った瞬間、やつが掌を俺に向けてきた。

何をする気だ……？　俺は警戒態勢に入った。すると、

「炎弾……！」

ドミニクが魔法を放ってきた。

「土壁！」

とっさに防御魔法を使う。しかし――、

――――ドォ――――ン
壁はあっけなく破壊され――目の前に炎弾が迫ってきた――。

「顕現せよ、氷の盾！」

これはやばい……そう思った瞬間、突如目の前に盾が出現。それによって守られた。

あっぶねぇ……。危うく丸焦げになるところだった。にしてもなんだったんだ……今の威力は。

ドミニクの魔法なら、土壁でも十分対処できると思ったのに、軽々と打ち砕かれた。

「おい――」

俺がドミニクを呼ぼうとした瞬間、

「なんの真似だ、ドミニク」

クリス先生がドミニクに咎めるような視線を向けた。

「やだなぁクリス先生……。ちょっと手が滑っただけですよ。――そんなに怒らないでくださいよ」

「私には、わざとオーウェンを狙ったように見えたが……？」

「そんなわけないじゃないですか。それにオーウェンを狙ったって証明できるんですか？」

「……お前がそう言うなら……手が滑ったってことにしとく。だが、魔力制御に失敗したというこ

とで、評価は下げさせてもらうぞ」

以前からドミニクが乱暴なやつだと知ってはいたが……クリス先生の前では大人しかったはずだ。反抗期かよ、この野郎。

俺はドミニクに苛立ちを感じて睨みつけると……逆に見下すような視線を向けられた。実技試験が終わると同時にドミニクに詰め寄る。

「……どういうつもりだ？」

「雑魚がなんのようだ？」

「さっきのはどういうつもりだって聞いてんだよ！」

「言っただろ。手が滑っただけだって……。てめぇもしつこい奴だな」

ドミニクはバンッと俺の胸を押して離れていった。

「くそっ……なんなんだよ」

苛立ちが募る。その日は嫌な気分が続いた。そして、試験が終わり下駄箱で靴を履き替えていた。

「オーウェンさん……相談があります」

ファーレンに声をかけられた。

「ん……どうした？」

以前の会話以降、相談されなかったから……もう相談されないものだと思っていた。俺なんかに相談する必要はないんじゃないかって。

「ここではちょっと話しにくいことなので……」

「わかった。なあ、ちょっと移動しよっか」

無言のまま歩き人けのない校舎裏に来た。テストも終わった、ほとんどの生徒はすぐに帰っている。生徒が残っていたとしても校舎裏にいることはない……と予想した通り、ここには誰もいない。

「……話してくれるか？」

「最近のドミニクさん、ちょっと変だと思いませんか？」

「変と言われれば変だけど、前から変なやつだったからな」

今日の出来事を思い出して……ムカついてきた。もともと傲慢な性格だが、最近はそれが顕著になっている。

実技試験でいきなり魔法を放たれるとは思わなかった。

「そ、そうですよね」

「相談ってのはドミニクに関してか？」

「はい……。最近のドミニクさんの様子が気になっていまして」

「そんなに気にするほどのことでもないと思うが」

というより、ドミニクにはあまり関わりたくない。ああいう奴に関わっても時間を無駄だ。

「実は最近……ドミニクさんが上級生と一緒にいるのを偶然見かけまして……。その上級生が、なんだか柄の悪い人たちだったので……」

ヤンキーと絡み始めたってことか？　今日魔法をぶっ放してきたのも……それの影響？

ふざけんなよ。てか、そんなこと他人が気にすることじゃないだろ。

「誰と一緒にいるかはドミニクの勝手だろ」

今日のドミニクのことがあったせいで、声に苛立ちが乗ってしまう。

「いえ、誰と一緒かは別にいいのです。ただ、それが関係しているのかわかりませんが……」

そう言ってファーレンは周りに誰もいないことを確認すると、声を落として言った。

「ドミニクさんの魔力に……害をもたらすものが混じっています」

「害を……もたらす……？」

「まだ確信をもっていないので、明確なことは言えません。ただ、あれは人間が扱って良いものではありません」

「そんなのわかるのか？」

「聖女の能力の1つだと思ってください」

聖女の能力って便利で幅広いんだな。でも、それが本当に害をもたらすなら、俺なんかよりも先生に相談するべきことじゃないか？

「クリス先生には言ってないのか？」

「まだ、何も言っておりません」

「どうして……？」

クリス先生に相談すれば、俺よりもしっかりした対応してくれそうだ。俺も相談に乗ると言った手前、断ることはしないが……。

「確証があるわけではありませんので……。それに、このことをクリス先生に伝えると、ドミニクさんの立場が悪くなってしまいます。できれば……自分の力で解決したいです。そこでオーウェンさん。勝手なお願いですけど、私に協力していただけないでしょうか」

「それは、誰のために……？」

「私のためです」

ファーレンは澄んだ瞳で見つめてきた。そう言われたら協力するしかないな。ドミニクのためってことだったら、間違いなく断っていた。あんなやつのために、何かしてやろうとは思わない。

「わかった。具体的に何をすればいいんだ？」

「明日、私と一緒にドミニクさんを尾行していただけないでしょうか」

尾行か……。なんか探偵っぽくてちょっとワクワクする。

「いいよ」と俺は頷く。

「ありがとうございます。こういうことを頼めるのはオーウェンさんだけなので」

おう……。そんなことを言われたらおじちゃん頑張っちゃうぞ。それに……ドミニクの魔法の威力。もしドミニクがファーレンの言うように害をもたらす力を手にしていたら……そのときは……。


翌日——俺たちは授業が終わると尾行を開始した。ドミニクは商業エリアに向かっていった。

ひっそりと、それについていく。

たまにドミニクが後ろを振り返るため、そのときはスッと物陰に隠れる。確かに、ドミニクが怪しいことをやっている……気がする。

ドミニクは急にキョロキョロし始め、次の瞬間、ふっと路地裏に入った。

「ファーレン、行くよ！」

「はい！」

俺たちもドミニクに続いて路地裏に入る。横幅3メートルぐらいの少し広めの場所で、建物と建物の間を通って歩く。

そして、しばらく進んだ先は――行き止まりだった。

「わかりません……。ドミニクさんはどこに行ったのでしょう？」

「どういうことだ？」

ドミニクは確かにここに入ってきた。

路地裏に入ってから一本道であり……その途中で建物に入れるような扉もなかった。目の前にはレンガがあるのみ。

「うーん……」

俺は顎に手を置いて考える。こういうときって隠し扉があったりするんだよな。……ていうか、あって欲しい！　その方がワクワクするからだ。目に魔力を込めれば、何かしら魔法の痕跡が見えるはず！　と勝手な推測のもと試したが、何もなかった。目に魔力を込めたところで、魔法の痕跡や魔力は見えたりしないようだ。

「オーウェンさん。……あそこの先から嫌な気配がします」

そう言って、ファーレンは行き止まりとなっているレンガを指さした。

「そんなの全然感じないけど……」

「ドミニクさんから感じた嫌な魔力……それがこの奥からも感じます」

「え、そんなこともわかるの？」

「彼の魔力は特殊ですからね」

俺はレンガをペタペタと触ってみる。この先に秘密の部屋があるってのか？

隠し扉を開けるときの呪文って言ったら、あれしかない。

「――開けゴマ！」

…………開かないな…………。

「オーウェンさん……？　何を言っているのですか？」

やめて……そんな哀れな子を見るような視線向けないで。俺だってこんな合言葉では開かないと思ってたよ。やってみたかっただけだ。

「本当に……ここの奥にドミニクがいるんだな？」

気を取り直して真面目な顔をして言った。

「それはわかりません。ただ――いる可能性が高いです」

俺は「そうか」と一言頷くと、レンガに触れる。

「ちょっと黙っててくれるか？」

「は、はい。……何をやるのですか？」

「盗み聞きだ」

俺は、右手に魔力を込める。

「風よ、言葉を導け」

風を通じて音を伝える魔法。これを使うためには、魔法を遠距離まで届ける魔法制御技術がいる。必要な魔力量自体は少ないため攻撃魔法よりは扱いやすい。

遠距離に声を届けるということを想像できるかが、この魔法の肝になってくるわけだが……。俺はそもそも、電話という存在を知っている。遠く離れた人と会話することに違和感がない。

風魔法を使ってレンガの奥の音を盗み聞く。対象はドミニク。俺はドミニクに届くように意識しながら、風魔法を操作した。

しばらくすると、ザザザっという雑音が聞こえてきた。そして、

「……ド…………さ……」

ようやく、風魔法が対象に届いたようだ。

だが、精度が悪くて全然聞こえない。

「あ………ない……はや………」

かろうじて、ドミニクらしき声が聞こえる。やはり、やつはこの中にいるようだ。俺はさらに風魔法の精度を上げる。

「ドミ……。これ以上のせ……危険だ」

「危険……？　はんっ。……お前……一緒にす……」

「おい、……まり……に乗るなよ。1年の分際……」

「1年がどう……この中で俺が…………、そして……侯爵だ。……違うんだ」

何を言っているかわからん。隣で静かにしているファーレンも、首を傾げている。

何か危ないことをやっている……のか？　詳細な情報が入ってこない。とそんなとき、

「ここで何をしている⁉」

気がつくと、後ろに少年が立っていた。俺たちよりも少し年上――おそらく中等部の生徒だろう。

俺は風魔法を止めてファーレンを見る。

「逃げるぞ――」

重力魔法で逃げるのは悪手(あくしゅ)。学園で重力魔法を使えるのは俺しかいないから、バレてしまう。

まあ、バレて問題があるかわからんが……。あまり良い印象は抱かれないだろう。

「誰だお前達！　ここで何をしていた？」

そんなの正直に答えるわけないだろ。重力魔法を使わずに逃げるなら――身体強化！

「行くぞ！」

ファーレンの手を引き、そして、彼女を両腕で抱きかかえた。いわゆる、お姫様抱っこだ。

「きゃっ……！」

可愛い声を出すなよ……。つい、手を離しそうになったわ。次に足に魔力を集中させる。膝を曲げ、地面を思いっきり蹴った。

「……な……っ」

少年の頭上を跳び越える。地面に着地すると、彼女を抱きかかえたまま走り出す。

「おい待て！」

少年は追いかけてくるが、身体強化を使っている俺には追いつけないようだ。

ファーレンを抱えても生身の人間より速く動けるのだ。路地裏を抜けてからも、しばらく走る。

そして、追手がいないことを確認すると足を緩めた。

「あの……オーウェンさん……？」

ファーレンは恥ずかしそうに俯いていた。

「ああ。すまん」

ファーレンを下ろして、もう一度後ろを確認する。

「追ってきてはいないようだな」

「そう……ですね……。ドミニクさんは、危ないことをしているのでしょうか？」

「わからん」

ひょっとしたら……秘密の部屋でお料理教室をやってるだけなのかもしれん。まあ、そんなことはないだろうけど。ドミニクがどういう目的で何をやってるかは……情報がなさすぎてわからん。

「もっと調べたいです」

ファーレンは俺の袖を引いて言った。

「それをやってなんの得がある――？」

そこまで頑張る意味がわからない。……ていうか、メリットがない。他人のために自分を犠牲にできるのは、素晴らしい人間だろう。

俺だって親友や家族、恋人のような大切な存在だったら、なんとかしてあげたいと思う。

でも、相手はドミニク。どうしようもない野郎だ。

「私の自己満足です。彼がもし危ないことをしているのなら……救いたい。これは私のためです」

「きっとドミニクはそんなこと望んじゃいない」

「そうかもしれません。でも……私がそうしたいんです」

ファーレンは以前見せた決然とした瞳で告げた。あの危うさを含んだ瞳。そんなの見せられたら、

「……わかった。俺も手伝うよ」

断ることはできない。このまま彼女に何かあったら目覚めが悪い。それに……最初に手伝うって言ったんだ。最後までやりきるのが男だろう。

「ありがとうございます！」

　ファーレンはパッと表情を明るくした。


　次の日、昼の時間を狙ってファーレンがドミニクを呼び出した。

　人けのない校舎裏。俺は自分がいると話がややこしくなると考え、木の陰に隠れている。

　ドミニクは俺のことを心底嫌っているからな。

「なんだ？　俺はお前と違って暇じゃないんだ」

「単刀直入に聞きます――最近、危ないことに手を出していませんか？」

「なんのことだ……？」

　ドミニクはピクッと眉を動かした。

「あなたの魔力から、本来人間が持っているべきではない力を感じます」

「何を適当なことを……。確証はあるのか……？」

「そんなものありません。でも――」

「確証がないのに、ふざけたことをぬかすな！」

　ドミニクは右腕でファーレンの胸ぐらを掴む。だが、ファーレンはドミニクの目をまっすぐ見て、

「ドミニクさん！　あなたの魔力から瘴気を感じます！」

「はっ、瘴気？　馬鹿馬鹿しい！」

「ドミニクさん。このままでは死んでしまいますよ……その力は人が扱えるものではありません！」

「黙れ！　お前まで俺を愚弄するか……！」

ドミニクがファーレンに殴りかかろうとした。

「やめろ――ドミニク！」

俺はスッと木陰から飛び出す。

「なんでお前がいるんだよ。オーウェン」

ドミニクはファーレンを離す代わりに俺を睨みつけてきた。

「お前を止めるためだ」

「はんっ……俺を止める？　お前は何様のつもりだ？」

「俺様だ」

おっと、いかん……。昔の横暴な俺が出てきた。

「てめぇ、なめてんのか？」

「ドミニク。最近のお前の行動は目に余る。昨日だって――」

「惨めだったな！　あの程度の魔法も防げないなんて！」

「調子に乗るなよ。不意打ち放って俺に勝ったつもりか？　おめでたい頭だな」

「不意打ち？　なんなら、今から黒焦げにしてやろうか!?」

「やめてください！」

ファーレンは俺とドミニクの間に入った。

「ふんっ、てめぇなんかに関わっている暇はねぇーんだよ」

ドミニクがふっと鼻を鳴らして、この場を後にした。俺は奴の後ろ姿を睨みつけながら、ファーレンに尋ねる。

「なあ、ファーレン……さっきの瘴気の話って……あの魔物のか？」

「それは――」

ファーレンは辺りを見渡して誰もいないことを確認すると、俺に耳打ちをしてきた。

「はい……。以前よりも濃く、はっきりと瘴気が感じられました」

「瘴気って……大丈夫なのか？」

俺は小さい声で聞き返す。

「大丈夫なわけがありません！　あれのせいで、あの人は……。瘴気は必ず人に悪影響をもたらします。あんなもの……扱ってはなりません。絶対に……」

「ファーレン……何があった？」

彼女は瘴気に対して並々ならぬ感情を抱いているようだった。

「いえ……なんでもありません。それにしても……ここ数日でここまで瘴気が濃くなるとは……」

それは……やばいことだよな？

「なあ……。このことはクリス先生に？」

「さすがに言わなければなりませんね」

俺たちは急いで教室に戻る。すると、クリス先生がいつも以上に真剣な表情で教壇に立っていた。

なんだろう？　……嫌な感じがする。

俺とファーレンが戻ってきたことを確認したクリス先生は、

「あとはドミニクだな……。どこにいるか知っているか？」と俺たちに聞いてきた。

「わかりません」

俺が答えると、クリス先生は「そうか」と呟く。

「中等部の生徒の死体が発見された。死因は不明。事件の可能性があるため、私はこれから調査をしに行く。それもあって午後の授業はなしだ。寄り道せずに帰宅するように」

俺はファーレンと顔を見合わせる。……これはドミニクと何か関係があるのかもしれない。

「クリス先生！」

教室から出ていこうとするクリス先生を呼び止めた。

「なんだ？」

クリス先生は振り返る。

「話があります」

「それは今、聞くべき内容か？」

「はい」

生徒の死とドミニクの異変。――それに瘴気。

全く関係のない出来事なのか？　これは俺たち生徒が判断することじゃない。早めにクリス先生には伝えておくべきことだ。

「もしかしたら、生徒の死と関係あるかもしれないことです」

「……わかった……。場所を変えるぞ」

クリス先生が「ついてこい」と言って教室を出る。俺とファーレンはそれに続く。そして、校舎の隅にある10畳程度の静かな部屋に入った。

「どうした？」

「ここ、不思議な感じがしますね」

「この部屋は少し特殊だからな」

何か違和感があると思ったら、ここには窓がなかった。窓がないこと自体、そこまでおかしいことではない。……だが、意図的に窓がつけられていないように感じる。

外から切り離されたような空間。クリス先生は入り口の扉を閉めてから、俺たちの方を向いた。

「それで？　話とはなんだ」

「ドミニクのことです」

「ドミニクか……。あいつがどうかしたのか？」

「彼の魔法から瘴気を感じました」

ファーレンが言った。

「瘴気……？　それは……本当か？」

「そんなはずはないと考えました。でも、間違いなく……あれは瘴気です」

「それは聖女としての意見か……？」

ファーレンはクリス先生の目をじっと見て答える。

「はい。そうです」

「……そうか。お前が言うなら間違いないだろう」

クリス先生は顎に手を置き、しばらく考え込む。そこに俺はもう1つの情報を伝える。

「ドミニクは怪しい会合にも出てました」

「会合……？　どんなのだ？」

「わかりません。ただ、その集まりがドミニクの異変や中等部の生徒が死んだことに関係があると思っています」

「関係があるかはわからん。ただ、瘴気となると……」

クリス先生はじっと虚空を見つめる。

「その会合とやらはどこで行われたかわかるか？」

「商業エリアの路地裏です。魔法道具屋が近くにありましたが、名前までは……」

その魔道具屋は、カラフルな外観をしていた。さらに店の前にはオークやゴブリンの顔がそのまま飾られていた。一度だけ、ナタリーと訪れたことがある。

「いや、それだけ聞ければ十分」

先生はさっと立ち上がる。そして、「情報提供ありがとう」と言って、部屋を去ろうとする。

「あ、あの！　ドミニクさんはどうなるのでしょうか？」

「わからん。だが……あいつは一線を越えた。お前も知ってるだろ？　瘴気を取り込んだ人間の行末を……」

「はい……。知っています。だから、私が……」

ファーレンはギュッと服を掴んだ。

「お前たちはこれ以上関わるなよ。特にファーレン……。お前ではどうにもできんよ」

クリス先生は釘を刺してから、部屋を出ていった。

「ここまで……みたいだな」

ファーレンをちらっと見た。探偵ごっこはおしまいだ。ファーレンの過去と関連のある出来事のようだが、もう俺たちにできることはない。

あとはクリス先生がなんとかしてくれるはず。家に帰って、のんびりしよう。

「もう、私たちにやれることはないのでしょうか……？」

「ないな」

俺は即答する。人間が瘴気を持つってのが、どれほどの事態かはわからない。だけど、俺たちのような未熟な魔法使いが関わるべきことでない。──それだけはわかる。

「どうして、そこまで他人を救うことに拘る？」

「私がそうしたいからです」

その答えは何度も聞いた。俺はその先の答えを聞いている。

「なんでそうしたいんだ？」

「この件に関しては、私のわがままです」

「それは、どういう──」

「この話は終わりです」

ファーレンは会話を強引に終わらせた。なんか、もやもやするな。

「私はドミニクさんのところに向かいます」

「あいつがどうなろうと知ったことじゃない」

ドミニクは俺のことを嫌っている。そして、俺もあいつのことが嫌いだ。だから助けてやりたいとは思わない。冷たいようだが、俺はそういう人間だ。

「わからんよ……ファーレンの気持ちが」

最初は他者の幸福を願うだけの少女かと思ったが、ちょっと違う気がしてきた。

「俺は行かない」

「私1人で行きます」

「1人って……危ないだろ」

「大丈夫です」

ファーレンはそう言って部屋を出ていった。それを見た俺は、盛大に溜息を吐く。

「何が大丈夫なんだよ……」

全然大丈夫そうに見えなかった。追いかけるべきか、このまま静観するべきか。

クリス先生に任せたんだから、俺が動く必要はない。むしろ、邪魔になる可能性すらある。

でもなぁ……。ファーレンって危なっかしいんだよ。

「はあ……勘弁してくれよ」

ファーレンを追いかけると、すぐに追いつくことができた。下駄箱で、彼女は靴を外履きへと替えている。

「ファーレン」

俺は彼女を呼び止める。

「なんでしょうか?」

ファーレンは、急いでいます、と言いたげな様子だ。実際、急いでいるのだろうな。

「俺も行く」

ファーレンはまじまじとこちらを見てきた。

「どうしてですか？　オーウェンさんには関係ないことです」

「ああ、正直ドミニクがどうなろうが知ったことではない」

「なら――」

「ファーレンが危ない目にあうのを、黙って見ていられない」

「私は大丈夫です」

ファーレンの黒い瞳を見つめる。そこには、ドミニクを助けに行くという強い決意が読み取れる。

それなら、俺ができるのは彼女を手助けすることだ。ドミニクではなくファーレンのために。

この正義感の強い少女が1人で、突っ走らないようにしよう、と。

「自分は大丈夫って言うやつこそ、実は危なかっしいんだよ」

強がる人や自分の気持ちを外に出すのが苦手な人ほど、色々と抱え込むものだ。そういう人は、どこかのタイミングでポッキリと折れやすい。

「……そうですか」

ファーレンは呟く。

「昨日のところに行くんだよな」

「はい」

俺が靴を履き替えている間、ファーレンは待ってくれていた。外に出ると、急に吹いた冷たい風が頬を撫でる。

「急ぎましょう」

「昨日みたいにお姫様抱っこでもしよっか？」

身体強化を使って彼女を運んだ方が、ファーレンが走るよりも早く着く。

「や、やめてください！」

彼女は顔を赤くする。

「じゃあ、俺の背中に乗ってろ」

「それも……必要ありません」

「遠慮すんな。……それにそっちの方が早い」

「それでも必要ありません！」

そんなに嫌なものかな？　まあ、ファーレンが嫌だって言うならやめておこう。

俺たちは並走して商業エリアまで向かった。

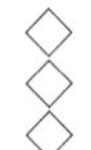

ちょうどオーウェンとファーレンがクリスと話し合っている頃、商業エリアの一角では、会合が行われていた。

路地裏を進んだ先にあるレンガの向こうの空間。そこは真っ白な部屋だ。

許可された者しか入れないように、魔法による結界が張られている。部屋の中央には、長方形の木製テーブルが置かれている。

そして、テーブルを囲うように6脚の椅子があり、それぞれ若い少年たちが座っている。

テーブルの短辺にあたる席に座る黒髪の少年――レオが口を開いた。

「セインが死んだ。おそらくクスリのせいだろうな」

セインとは中等部の生徒で昨日死体が発見された少年のことだ。そして、この会合の出席者でもあった。レオの言葉に他の少年たちは、口を開き始める。

「こんなの聞いてない！　どういうことだ⁉」

一際大きな声を上げたのは、レオから見て最も遠い位置に座る少年――ドミニクだ。

「聞いてない？　聞かなかったの間違いではなくて？」

レオは聞き返す。

「お前は力をくれると言った！　だから！」

「だからなんだ？　嘘はついてない。実際、君らは力を手に入れた。それで十分じゃないか？」

「それで……それで死ぬとは聞いてないってことだよ！」

少年たちは、次々と「そうだ、そうだ」と言い出す。その姿を見たレオは目を細める。

「君たち……何か誤解をしていないか？　何も犠牲を払わずに力が手に入ると――本気でそう思ってたのか？」

「それは……。だが、お前はあれを飲めば……力が手に入ると……。俺を馬鹿にしてきた奴ら全員を見返してやれると言ったはずだ！」

「馬鹿だねぇ。そんなに都合がいいものがあるわけないじゃないか。疑問に思わなかったのか？　飲むだけで魔力が増幅するクスリ。魔法使いなら誰しもが望むものが、なぜ君たちのような無能のもとに行くのかを」

「無能だと⁉」

「無能を無能だと言って何が悪い。そろそろ認めたらどうかな？　自分たちの能力のなさを――」

「ふざけるなよっ！」

ドミニクはバンッと机を叩き、立ち上がる。

「ちなみに僕が渡した薬は魔力増強薬ではない。瘴気を粉にしたものだ。魔力と瘴気が混ざり合って、魔力が増加したように勘違いしていただけだ」

「そんな……瘴気だと……」

部屋にいた1人の少年が青ざめながら言った。

「まだ実験段階だからね」

「実験段階……？」

「瘴気を粉にすることに成功した。でも、これをどうやって使うかはわからない。なら、実験するしかないじゃないか。君たちのような――ちょうどいい実験台でね」

「おまええぇぇぇ！」

ドミニクはレオのもとへ、ズカズカと近づいていく。だが、

「うっ……」

数歩歩いたところで、頭を押さえてその場にうずくまった。

「あ、そうそう。さっき君らに渡したクスリ。全部飲んでくれてありがとう。あれはね、以前から渡している薬の倍以上の瘴気を含んでいるんだ」

レオの言葉を引き金に少年たちはうめき出した。

「あああぁぁぁぁぁぁ――――！」

「はぁ……はぁ……」

「が……はっ……」

「うわあああああああ！」

部屋の中では、少年たちがのたうち回る。人間が瘴気を摂取するとどうなるか。

一時的に魔力と瘴気が融合し、魔力の総量が上がったように感じる。だが、瘴気とは本来、人間とは相容れないもの。

人間の体が瘴気に対して拒絶反応を起こし、死に至る。ここまではレオも予測していた。

地面に転がっていた少年たちだが、1人また1人と息をしなくなっていった。

目を見開き、口からはヨダレを垂れ流し恐怖の表情で死を迎えた少年たち。静かになった部屋で、

「この程度か。やはり優秀な個体でないと、実験の意味がないようだ」

ここに集まっていた少年たちは皆、現状に不満を持っていた。力を与えよう、と言えば簡単に話を聞き、いかにも怪しい薬を疑いもなく飲んだ。

才能もないくせに何も努力をせず、見栄ばかり張っている無能な連中。

いなくなったところで、ほとんど影響はない。

「あの人のためなら、こんな奴らいなくなった方がマシだ」

レオは近くに転がっていたドミニクに近づく。

「彼なら……少しは期待していたのだけどね」

もちろん――実験体としての期待だ。ドミニクの体を蹴り転がす。

「まあ、仕方ない。ここなら、素材もたくさんあるだろうしね」

レオがそう言った瞬間、ムクっと起き上がる影が1つ。

「ぐがああああぁぁぁぁ！」

死んだと思われていたドミニクが突然、体を起こした。胸を押さえうめき声を上げる。

「ああ——！　ああ！　ああああああああああ——————！」

ドミニクの胸の辺りが白く光る。ドク、ドク、ドクと脈打つかのように点滅する。

「おお……これはもしや！」

レオはドミニクの動きに見入る。そして、彼の胸から目がくらむほどの光が放たれた。そのあまりの光量にレオは目を閉じる。

そして、目を開けた瞬間——————、

「うるああああああ！」

変貌を遂げたドミニクがいた。体は紫色をしており、至るところから血管が浮き出ている。身長は2メートルを超え、体をむりやり膨張させたかのような姿。顔だけはもとのドミニクとなんら変わりはなく、その有り様がより一層歪(いびつ)さを際立たせている。

それは、もはや人とは呼べない——化け物だ。

「美しい……」

レオは恍惚(こうこつ)とした表情でドミニクを見た。

「なんて、美しいんだ！　君は最高の素材——」

少年が最後まで言い切る前に、

「おまで、ごろす」

「が……っ……」

レオは化け物の拳によって地面に叩きつけられた。彼は仰向けになった状態で化け物を見上げる。

今、まさに死が迫っているというのに、レオに恐怖はなかった。その代わり、彼の瞳は狂気を宿していた。

「おお……。これで、私の研究はもっと先へ……あの人のために……もっと――」

べちゃり――。レオの顔が化け物によって踏み潰された。

「ぢから、えだ！　これで、おれは……ざいぎょうだ！」

そして、ドミニクは理性を少しだけ残した状態で叫び声を上げた。

◇◇◇

俺たちは商業エリアの一角、秘密の部屋の前に到着した。

「どうする？」ここから先に入る手段がない。

「オーウェンさん。昨日の魔法、もう一回使えますか？」

「わかった」

俺はレンガに手を当て、風魔法を使おうとしたとき――ドガンッ――！

何かが壁にぶち当たる音がし、咄嗟に後ろに身を引く。すると、連続して――ドガッ――ドガッ
――と何かが壁を叩く音。

「離れろ――！」

ファーレンにそう言いつつ、俺もレンガから離れた……次の瞬間、

――ドカアァァァン！

けたたましい音とともにレンガが崩れ落ちる。そして、

「うるあああああぁぁぁぁぁぁぁぁっ――――――！」

なんだ、こいつは……？　なんで、ここに化け物がいる？　なんで、こんなところに魔物がいるんだ？

と――視線を上げると、

「ド、ドミニク……か……？」

「おーべん……。おまで、ごろじでやる。おまでだげは……！」

ブクブクに膨れ上がった体に、グロテスクな紫色の肌。だが、顔はドミニクだった。魔物の体にむりやり、ドミニクの頭をすげ替えたような気味の悪さ。

そして、化け物の後ろがちらっと視界に入った。

「お……ぇ……」

口元に手を置き、吐き気を抑える。壊れたレンガの後ろには、人の死骸が転がっていた。この世界で初めて見る――人の死。

なんなんだ……何が起きている？　よく見ると……ドミニクの体にべったりと血が付着していた。

「お……お前はドミニク……か？」

口を押さえたまま、化け物に尋ねる。……だが、返事はない。その代わりに、

「ごろず、ごろず！」

直後、化け物の叫び声が響く。そして、化け物が腕を振り下ろしてきた――――。

「くそッ……！」

後ろに跳んで避けながら……悪態をつく。――異常事態だ。どうする……？　俺はどうすればいい？　ここは……逃げるべきか？

だが、ここで化け物を野放しにしたら、街の人に被害が出てしまう。……それは阻止しなければ。

「――ドミニクさん！」

ファーレンが叫んだ。……違う。あれは、もうドミニクじゃない。化け物だ。そう思っていないと対峙していられない。

「じゃま……だ……！」

化け物は一歩踏み込み、右腕を振ってきた。

その動きを目で捉えた俺は――身体強化――と同時に両腕に魔力を込めて受け止める！

だが、足の踏ん張りが利かず、吹き飛ばされ……後ろにいたファーレンにぶつかった。

「きゃ……っ……！」

そのまま数メートル後ろまで転がる……化け物が奇声を発しながら、あちこちの建物を壊しだす。

そのスキをついて、俺とファーレンは立ち上がる。そして、路地裏を走って逃げる。この狭い空間は……魔法使いには不利だ。

「先生を呼んでこい！」

「駄目です！　私は引けません！」

「邪魔なんだよ――！」

俺を1人にさせたくないと思っているのか？　ハイオークとの戦いから戻ってきたときのように。

「私の力なら救えるかもしれません！」

ファーレンが言ったと同時に、

「あああああああ────────！」

化け物は、いつの間にか俺たちの真後ろについていた。そして、やつは両腕を固めて──振り下ろしてきた。

俺はファーレンを抱えて横に跳び、地面を2、3転する。すると、俺たちがいた石畳が砕けた。

ファーレンを左手で抱えながら、右手に魔力を込める。

「大火球……！」

「があああぁぁぁぁぁ！」

化け物の腹に魔法が直撃──化け物が奇声を上げながら暴れまわった。

俺たちはそのスキをついて立ち上がる。路地裏を駆け抜け大通りに出る。

直後、俺たちのすぐ後ろから化け物が顔を出した。

──キャアアアアア……！

──な、なんだ！　あいつは!?

──うわあああああ！

化け物の姿を目にした人々が逃げ惑う。ここまで化け物を引き寄せたのが悪手だったと気づく。

だが、そこまで気にする余裕はなかった。俺は両腕に魔力を込め、

「大火球……！」

直径1メートルの火球を放った。

「ぐわあああああああ！」

化け物の体に当たり、やつが膝をついてうめき声を上げる。

「やめてください！　あれはドミニクさんです！」

「そんなのわかってる！」

ファーレンの静止に対し、俺は怒鳴り声を上げた。こんな状況でドミニクを気にかける余裕なんてない。やれなかったら……やられる。

「イフリートよ、地獄の火炎をもって――」

ドミニクがよろめいているところで決着をつける。……決着ってなんだ？　この化け物を殺すのが決着か？　ドミニクを殺すことか……？　――考えるな。

「オーウェンさん――！」

ファーレンが突然、俺とドミニクの間に入った。

「何をしている⁉」

魔法を急に止めるが、その反動で魔力が体に流れ込み……ふらついた。

「私が彼を救います！」

そんなことできるのか？　もしかしたら、聖女ならできるかもしれない。でも、こいつを救ってどうする？　こんな状況のドミニクを救ってどうする？

化け物がむくっと起き出し、怒りの形相でファーレンに向かって腕を振ったのが見えた。俺はファーレンを引っ張り、そして――、

「グ…………ハッ……！」

次の瞬間、真横にふっ飛ばされ……石畳の上を転がった。吹き飛ばされた際の衝撃により、肋骨が折れたのだろうか……。咳き込んだ瞬間、吐血した。

「があぁ――ああああぁ――！」

化物は逃げ遅れている人を見つけ……そちらに目標を変えた――。

「オーウェンさん！」

ファーレンが駆け寄ってくる。

「回復魔法を……頼む……」

「――聖なる加護の力よ、汝を癒やしたまえ」

体の痛みが一瞬でなくなった。

「あいつを救うのは諦めろ」

俺は立ち上がって言った。場は混乱を極め、人々が悲鳴を上げて逃げ回っている。その中心にいるのはドミニク――あれは、どこからどう見ても化け物だ。

俺にはやつをもとの人間に戻せるとは思えない。

たとえ、人間に戻したとしてもドミニクの人生は終わりだ……。

ファーレンは何も言わず、目をつぶった。ファーレンを説得している暇はない。俺は身体強化を使って駆け出した。

背中を向けている化物に対し瞬く間に距離を縮めると、

「鉄拳……！」

――化物の背中に拳を入れた。

「ぐわああああああああ！」

化け物は叫びながら振り返り……そして、

「おーべん、おまで！　おまえだけはゆるざない！」

ギロリと俺を睨みつけ、殴りかかってきた。俺はバックステップを踏み、化け物の攻撃を避ける。

化け物の一撃は重いが……当たらなければ怖くはない。

「なで、おでのじゃまずる！　おまでざえいなげれば、おでは！」

「俺がいなければなんだ！　一番になれたとでも言うのか？」

「ああ……ぞうだ……おまでがにぐい！　だがら……ごろず……ごろじてやる！」

ドミニクは、膨張した体で何度も攻撃を繰り出してきた。その一撃はどんどん速さが増していくとともに、威力が上がっていく。

ドミニクが、その醜い体に慣れていっているのか……？　もしそうであれば……まずい。早く決めないと厄介なことになりそうだ。

「おではえらいんだ！　だれよりもえらい！　なのに、お前がすべてをごわした！　許せない！ぜっだいゆづでない！」

「お前が特別偉いわけじゃない！　偉いってのはな！　それだけの功績を残してきたからだ！　何もやらないやつが権利だけを主張するな！」

「ぞんなのじるかあああああぁぁぁぁ――――！」

ドミニクは、勢いよく拳を振り下ろした。――速い！　それを間一髪で避けながら、ドミニクに向けて魔法を放つ。

「————大火球！」

直径1メートルの火球。だが、その威力は先程とは違う。真っ直ぐ飛んでいった火球がドミニクの顔に直撃した。

「ぐわあああああぁぁぁぁぁぁぁぁぁ」

ドミニクは顔を押さえる。

俺は畳み掛けるように——魔法を放つ。

「イフリート！　地獄の火炎をもって、ドミニクを滅せよ」

炎がドミニクを包み込み燃え盛る。

「ぎぃやあああぁぁぁぁぁぁぁ————！！！！」

熱いだろ……ドミニク。お前を倒すために……本気で魔法を使ったんだ。俺はスッと右手で銃の形を作る。

「——銃弾」

ドンッ——と右肩に衝撃が来る。と同時に化け物の左肩に穴が開いた。

「ぎやあああぁぁぁぁ！」

ドミニクは痛みにより、暴れ回る。俺はもう一度、人差し指を化け物に向ける。

「——銃弾」

次はドミニクの腹に穴が開いた。化け物はさらに声を大きくし、叫ぶ。だけど、俺は化け物に人差し指を向け、

「――銃弾」

右肩の感覚がなくなる。化け物の胸に穴が開く。――まだだ。確実に仕留めなければ。最後に……化け物の頭――ドミニクに向けて、

「――――銃弾！」

ドンッ――――。ドミニクの胸にぽっかりと穴が開いた。狙いが逸れた。いや……違う。頭を狙えなかったんだ。そして、ドミニクがうつ伏せになって倒れ込んだ。

……………終わった……終わらした。

「ドミニク……さん？　そんな……どうして……」

一部始終を見ていたファーレンがよろよろとドミニクのもとに行く。ドミニクの体は手足から順に灰になっていく――。

「じぬ……のが……？」

それを見たファーレンは、ドミニクの体に手を置き、

「大丈夫です――。あなたを死なせません。――女神の加護をもって、汝を癒やしたまえ」

ドミニクに回復魔法を施す。しかし、ドミニクの灰化は止まらず……むしろ加速し、一瞬で胸の位置まで灰となる。

「どうして……？」

ファーレンは呆然とする。

「私では……救えないの？」

「嫌だ……じにたくない！　なんで俺は死ななきゃならない！　おでは、俺は選ばれじ人間――ご

んなどころで」

「私が助けます！　女神よ、邪気を払え——！」

ファーレンの叫びもむなしく——ドミニクの体はほとんど首を残すのみとなる——。

「なあ、ファーレン。助けてぐれよ。聖女なんどろ！　おではしにだくない！　死にたくない——！」

涙で顔をぐしょぐしょにしながら救いを求めるドミニク。その姿があまりにも哀れで……まるで俺が悪いと……そんなはずはないのに……。

「いやだ！　死にたくない！　じにだくない！」

最後までもがくドミニクを見て、早く死んでくれよ、と俺は祈った……祈ってしまった。そして、ドミニクはほとんど顔だけになった状態で俺の方を見た。

「オオオオオウェエエエエエエン！　お前だけは絶対許さ——」

最後まで言葉を発する前に……ドミニクは事切れた。そして、やつの体からは石が出てきた。

——白く濁った色の魔瘴石。

「どうして殺したのですか——？」

ファーレンはうつろな瞳を向けてきた。

化け物だったからだ。化け物が——魔物が学園の敷地内に現れたから退治した。ただ……それだけのこと。

「なんとか言ってください！」

ファーレンは声を荒らげる。

「ドミニクは、もうどうしようもない状態だった」

「私なら、なんとか――」

「なんとかできた？　なんともならなかっただろ!?　だから俺がトドメを刺した――！」

声を荒らげた俺にファーレンはビクッと肩を揺らす。

「ご……ごめ……」

俺は視線を上げてファーレンに謝ろうとした。

――だが、目に入ったのはドミニクの死体。

――お前が俺を殺した。

ドミニクがそう言っているかのように見えた。やつは怨嗟を込めて俺を睨んでいる。

彼の顔を――死を見た瞬間、急速に吐き気を催した。腹の底から、こみ上げてくる異物。

「ごぁっ……がっ……」石畳に吐瀉した。

◇◇◇

クリスは学園長がいる執務室に足を運んだ。コンコンと扉を叩くと、中から返事が返ってきた。

「――入れ」

中から低音の威圧的な声が聞こえてくる。クリスは、「失礼いたします」と言って扉を開けた。

壁には歴代の学園長の肖像画が飾られている。そして、窓の近くに置かれた机で黙々と作業をしているのはフレデリック・バージ――学園長だ。

太い眉にスキンヘッド。鋭い眼光は裏社会のボスと言われた方が納得できる。

クリスはオーウェンたちから聞いた話を伝えた。

フレデリックは眉間に皺を寄せ、厳(いか)つい顔をさらに厳つくした。

「その話は——本当かね？」

その話、というのは瘴気の話。ドミニクの魔力から瘴気を感じる。それが本当であれば大問題だ。

クリスが知っている中で、瘴気が使われた大事件は1つ。彼女も少なからず、その事件に関わっていた。

「はい……。聖女がそう言っておりました」

聖女の能力の1つに瘴気の感知能力がある。ファーレンが言ったのなら間違いないだろう。

「先日の不審死と言い、これは……厄介だな」

「もしや、【狂人】の仕業では——」

「やつは既に死んでいる。それは、わしがこの目で見た」

「おっしゃる通りです……」

「早急に職員会議を開くべき案件だが……その前にクリス。商業エリアに向かえ。すぐにドミニクを連れてこい……。場合によっては——殺しても構わん」

「承知いたしました」

クリスは頷くと執務室を後にし……そして、身体強化を使って全速力で商業エリアに向かう。

クリスの身体強化は接近戦をメインに行う騎士を相手にも引けを取らない。すぐに商業エリアの近くまで来た。

先程からずっと嫌な予感がする——。人間から瘴気を感じる。クリスが過去に知っている事件では、瘴気をまとった【狂人】によって大勢が殺された。

その中にクリスの知り合いも含まれている。忌々しい記憶が蘇り、自然と唇を強く噛んでいた。

瘴気をまとった人間。

そんなのが存在してはならない。もはや人間ではないのだから。これがドミニクだけの問題だとすれば、彼を処分するだけでよい。

だが、もし誰かが意図的に瘴気を植え付けたとしたら……？　考えるだけでゾッとする……。そんな技術は決してあってはならない。

「ぎぃやああぁぁぁぁぁぁぁ────！！！」

クリスの研ぎ澄まされた聴覚により、遠くからの雄叫びが聞こえた。クリスは両足に魔力を集中させ……速度を上げた。

──う、うわあああ……！

──こんなところに魔物が!?

商業エリアは喧騒に包まれていた。そして、騒ぎの中心にたどり着くと……そこには嘔吐するオーウェンと、項垂れるファーレンがいた。

「何が起こった……？」

クリスはそう言うと同時にドミニクの頭を見つけた。首から下が綺麗になくなっている……。

さらにドミニクの首からは血が全く出ていなかった。

「クリス………先生……」

オーウェンが弱った瞳でクリスを見てきた。本当に何が起こったんだ？　クリスは眉をひそめる。

戦闘の跡が見える。まるで魔物と戦ったような跡。

「オーウェン。ここで何があった？」

初めて生き物を殺したのはいつだったたっけな？　そんなこと一々覚えていない。

虫を殺すのに、心をかき乱したりはしない。魔物相手であっても……同じだった。ゴブリンを倒したときに心が痛むことはなかった。

でも——殺す相手が人間だったら？　考えたことがなかった。

人を殺せるだけの力を手にしながら、そんな未来を予想だにしなかった。昔……カザリーナ先生に言われたことがある。

「オーウェン様は何のために魔法を学んでいますか？」

そのときは……なんて答えたっけな？

「あんまり考えたことがないです。純粋に魔法を学びたいから……ではいけませんか？」

「今はそれでもいいです。魔法は便利ですが凶器にもなり得ます。それだけは覚えておいてください」

カザリーナ先生は優しい笑みを浮かべながらそう言った。俺は常に凶器を持ち歩いているのだ。

何十人、何百人を殺せるほどの凶器を……。

「オーウェン。ここで何があった？」

クリス先生がいつの間にか俺の前に立っていた。

「ドミニクを……」

そう言おうとした瞬間、胃の中のものを石畳にぶちまけた。気持ち悪い……吐き気が収まらない。

「立てるか……？」

「……はい……」

「少し場所を移そう。ファーレンも一緒に来い」

クリス先生のあとに続いて、人けのない路地裏に来た。先生は俺が落ち着くまで待ってくれた。

「気分はどうだ？」

「はい……もう大丈夫です」

「そうか……。単刀直入に聞くが、ここで何が起きた？」

俺は事の経緯を細かく説明した。と言っても、ここに到着したらドミニクが化け物になっており、そんなドミニクを俺が殺した。……ただ、それだけの話。

話を聞き終えたクリス先生は重々しく頷く。

「ドミニクが……魔物がお前たちに襲いかかり……お前たちがそれを退治したということだな？」

「はい。そうです」

「なぜ、ここに来た？　この件には関わるなと言ったはずだ」

責めるような口調のクリス先生に対し、ファーレンが口を開く。

「――ドミニクさんを助けたかったからです」

「助ける？　自惚(うぬぼ)れるなよ」

クリス先生はファーレンを睨む。

「私は——もう二度と——！」

「なあ……ファーレン……。お前はお前だ？　他の誰でもない。もしお前がソフィーを救えなかったことを後悔しているなら…………それは勘違いだ」

「そんなこと……。知っています。知っています。知っていて私は……」

ファーレンは、悔しげに下を向いた。

「オーウェン……。お前が魔物を倒したんだな？」

「僕が……ドミニクを殺しました」

「お前たちの無謀な行動は褒められることではない。だが、それで救われた人もいる。そんなに気に病むな……と言っても無理か……」

「……魔法ってなんですか？」

「——願いだと、私は思っている」

「僕は、何を願ったんでしょうか？　僕は……ドミニクの死を——」

「オーウェン。今日は休め」

クリス先生は俺の肩に手を置き、

「帰って寝ろ」

と、言ってこの場を去る。先生が見えなくなったところで、ファーレンが俺を見た。

「オーウェンさんが悪いわけじゃないのに……すみません……」

「……いや……大丈夫」

俺は笑ってみせた。何が大丈夫なんだろう？

「ドミニクさんを……救えませんでした」

「なんでもかんでも救おうってのは無理だ」

俺の好きなアニメに有名な台詞がある。誰かを助けるってのは誰かを助けないってことなんだ、と。

「1人を救って大勢を殺すか。大勢のために1人を殺すか。その1人が友人だったら？　恋人だったら？　家族だったら？　もしくは、恋人と家族のどちらかを殺す必要がある。ファーレンならどうする？」

「私には……決められません」

「俺だって決められない」

そんなの決められるわけがない。でも、そこまで極端な選択でなくても……選ばなくちゃいけないときがある。

「きっと両方に手を差し伸べます」

「全部を助けるってのは傲慢だ。いつか本当に大切なもの……手放すことになるぞ」

ファーレンの考え——正義感にイライラする。……いや、違うな。自分の浅はかさに苛ついているのだ。

魔法が使えるようになってから舞い上がっていた。ドミニクのことでも、もしかしたら何かできるかもしれないと思っていた。

その結果、俺の手でドミニクを殺した……関わるべきではなかった。もし今回の騒動に正解があるのなら……最初から関わらないことだった。

そして、自分の知らないところでひっそりとドミニクが処分される。それが最も正しい選択で――答えだ。

「………オーウェンさん」

ファーレンがポツリと呟く。俺には彼女に声をかける余裕などない。その場に立ちすくむファーレンを尻目にその場を去った。

人を殺すって……案外簡単なことだったな……。

人指し指を突き立てて、「銃弾」を放つだけでいい。

そうすれば……相手の胸に綺麗な穴が開く。

収まったと思っていたのに、胃酸が込み上がってくる。俺は壁に手をつき下を向いた。

気持ち悪い。いっそのこと、全部……吐き出してしまいたい。

魔法が使えるようになって、ヒーローにでもなったつもりでいた。俺はヒーローなんかじゃないのにな。漫画の主人公のように、全て解決してハッピーエンドとはいかない。

「あああああ――――――くそっ！」

もやもやした感情を全てぶち撒けるかのように……壁を殴った。

数日後。先生たちの調べにより、この件の首謀者が判明した。――スクワード先生だった。

その事実にAクラスの面々は少なからず衝撃を受けた。特別良い先生だとは思わなかったが……そういうことをする人には見えなかったからだ。

彼は学園で魔石についての研究を行っていたが、それは表の姿。裏では瘴気を使った研究に手を染めていた――。

そして、瘴気の塊を作ることに成功し……それをクスリにした。そのクスリを人に飲ませることで、化け物が完成……。

瘴気の塊は偶然1つ作れたが、再現性はないらしい。そのため、さらなる被害はなく調査は終了した。ちなみにスクワード先生の言い分は、

「出来損ないを使って……な、何が悪い！　む、む、むしろ……私の研究の役に立てたのだ！　感謝して欲しいね」

そう言って高笑いしていたらしい……。マッドサイエンティストだ。自分の研究のためなら……人が死のうがなんとも思わない。

この事件によって死亡した生徒の数は6名。学園の敷地内で起きた大事件として、幕を閉じた。

クリス先生はこの顛末(てんまつ)を話すときに納得していない表情をしていた。

そして、俺は【小さな英雄】と言われるようになった。街を救ったヒーローとのことだ。

その場を見ていた生徒がそうやって広めたらしい。……馬鹿馬鹿しい。

今はそんな称賛いらない……人を殺して得られる称賛なんて嬉しくない。

「はあ………」

ホームルーム後の人がいなくなった教室。そこで、机に伏せながらため息をこぼす。

「何、辛気臭い顔しているのよ。小さな英雄さん」

ナタリーが声をかけてきた。誰もいないと思っていたが……彼女はまだ残っていたようだ。

「そういう呼び名はやめてくれ」

俺は顔だけ動かして、ナタリーを見る。

「そう？　かっこいいじゃない」

「嫌なんだ。褒められるようなことはしていない」

自分のやったことを正当化して欲しくない。簡単に認めてしまいたくないんだ。

「もしかして、ドミニクの死を悲しんでいるのかしら？　彼は死んで当然だったわ」

その言葉に驚き、ついナタリーの顔を凝視した。今まで一緒に授業を受けていた仲ではないか。

仲が良いとは言えないし、ドミニクは嫌われていたが……死んで当然というのはいささか不謹慎な気がした。殺した俺が言えることでもないか……。それにクリス先生もドミニクの死に対し、悲しんでいる様子はなかった。

この世界の人は……人の死に対しそこまで敏感ではないのかもしれない。

「何を悩んでいるの？　ドミニクを殺したこと？」

「いや……。まあ、そうだな」

「優しいのね」

「優しくなんかはない」

優しいなら……最後にドミニクの死を祈ったりなんかしない……。俺は自分の残忍な一面を見た気がする。

「ねえ……オーウェン。この世には生きるべき人とそうでない人がいるわ」

「唐突だな……」

体を起こして、ナタリーの言葉を待つ。

「お父様がそう言っていたけど……私もその考えに賛成よ」

「それは極論じゃないか？　死んで当然だと思われている人でも、その人に生きていて欲しいと願う人もいる」

「ここで言いたいのはそういうことじゃないの。助ける人と見捨ててもいい人を選ばなくてはならない――そんなときがある」

「助ける人と見捨ててもいい人……？」

「魔法使いとしても……貴族としても……。力を持つ者として今後選択を迫られることになるわ」

今までの自分の考えが甘かったのを痛感する。力には責任が伴う。力をどう使うかは個人の自由だ。だが、それによって引き起こされる結果には責任が伴う。

魔物を殺せる力。一般人が束になっても敵わない力。使い方次第では虐殺を行える力。その力は……持っているだけで責任が伴う。人を救うことができれば……殺すこともできる。俺はどうなりたいんだろう？　どんな魔法使いになりたいんだ……？

「なあ……ナタリー。俺は……一流の魔法使いになりたかった。そのために今まで魔法を学んできたし、今後もそうしていく。――でも、初めてこの力が怖いと思ったよ」

ナタリーは俺の目を見つめながら、頷いた。俺は胸の中にあるモヤモヤを吐き出すように続ける。

「魔法を覚えることが楽しいって……。単純にそう思っていた。そして、強くなることが立派な魔法使いなることだって……そう信じていた。でも、違ったんだな。強さだけじゃ、ダメなんだ」

魔法をなんのために使うかが大切だ。カザリーナ先生が言っていた言葉が蘇る。

人を傷つけるために魔法を使ったら自分も辛くなる。相手を殴ったら、自分の腕も痛むように。

たとえ、それが正当な理由であったとしても——暴力には痛みが伴う。俺は凶器として魔法を使いたいんじゃない。

「俺は身近な人を守れる魔法使いになりたい。……そういう人になりたい」

また、今回と同じように人を殺さなければならないときが来るかもしれない。誰かを傷つけてしまう瞬間が訪れるかもしれない。

そういう場面に立たされたとき……どう行動すればいいかはわからない。でも——今回の事件でわかったことがある。

人を傷つける魔法よりも、人を喜ばす魔法を使ったときの方が全然楽しい。ナタリーと一緒に重力魔法で飛んだときの方が楽しかった。

「でも……きっとまた……魔法で人を傷つけてしまう。そう思うと……怖い」

「大切な人を守るためでしょ。……オーウェンは他人を守れる魔法使いになりたいのでしょ。それでいいと思うわ」

ナタリーはクルっと回って言った。

「先に帰るわね」

そして、教室を出ようとしたところで彼女は振り返る。

「ねえ、オーウェン。あんまり1人で抱え込まないでね。オーウェンは大人びているから……全て自分で解決しようとしてしまうけど。実際……解決できてしまうかもしれないけど……あなたに頼られたい人だっているの」

「…………ナタリー」

俺は彼女の後ろ姿を見送り……そして、窓の外の夕焼けを見た。——真っ赤な空。

ドミニクのことを考えると、やるせない気持ちになる。……どうしようもなかった……。どうにかできたかもしれない……。

終わってしまったことをいくら考えても答えは出ないのにな。俺は自嘲気味に笑った。

ファーレンは暗闇の中を歩いていた。そこには救いもなければ、希望もない。ただ、死なないために生きている人生。

誰にも頼らないし、頼れない。彼女はスラム街で育った。ボロボロの布切れを身にまとい、毎日食べるものを必死に探す生活。かび臭く汚い路地裏で藁(わら)を布団代わりにして寝る。

人を信じることはなく、人に信じられることもない。ただただ孤独で……意味のない人生だった。

5歳のときに母が死んだ。父は物心ついたときからいなかった。過酷な環境で生きていくために何度も盗みを働いた。

見つかればただでは済まない。最悪、殺される可能性だってある。スラム街の……それも身寄りのない子供。

殺したところで罪には問われない。なくなっても誰も悲しまない命だ。そんな中、ファーレンが生きてこれたのは不思議な力のおかげだった。それは魔法と呼ばれるもの。

魔法を使って誰にもバレずに盗みを成功させていた。盗むこと自体、悪いこととは思わなかった。

何が善で何が悪かを知らなかった。そもそも、そんなことを気にするほどの余裕がなかった。

スラム街での生活を1人で2年間も続けた。その頃はガリガリにやせ細っており、今にも死にそうな状態で……生きていると言っていいのか怪しい状態。常に空腹と戦っていた。

そんなあるとき……ファーレンのもとに白い装束に身を包んだ女性がやってきた。

今でもあのときのことは覚えている。……歳は30ぐらいだろうか。赤い髪をした綺麗な女性がファーレンをスラム街から連れ出してくれた。

彼女の名はソフィー。

ファーレンの人格形成に大きな影響を与えた人物。……実のところファーレン自体には確固たる信念はない。自分というものがない。自分を育ててくれた人のようになりたい、と。それだけが意思だった。

ソフィーは優しかった。

自分にたくさんのものを与えてくれた。

色々な話を聞かせてくれた。

美味しいご飯を食べさせてくれた。

温かい毛布を用意してくれた。

教育を施してくれた。

そして何より——ありったけの愛情で、ファーレンという空っぽの器を満たしてくれた。

ソフィーとの出来事はファーレンにとって何よりも大切な記憶だ。

だけど、一緒にいられる期間は短かった。

出会ってから1年と半年後……彼女はこの世を去った。

ソフィーの想い、思想、信念、理念、目的、目標、その全てを受け継ごうと決めた。しかし、ファーレンはソフィーではない。

どんなに真似をしようとしたところで、本人ではないからボロが出る。

「……私はどうすれば良いのでしょうか」

わからない……。今まで自分で考えたことがなかったから。

ソフィーがいなくなってから自分を導いてくれる存在がいなくなった。

学園では、聖女としての振る舞いを心がけた。

それもソフィーがそうするだろうと考えて、真似しただけだ。

ソフィーなら、きっと誰にでも救いの手を差し伸べる。

ソフィーなら、きっと穏やかに笑う。

ソフィーなら、きっと相手を尊重する。

ソフィーなら、きっと……そうやって考えて行動してきた。

「ファーレンさん……。あなたはどういう人になりたいですか？」

そうやって、ソフィーが聞いてくることがあった。

「あなたのようになりたいです」

一切の迷いを見せずに答えた。そうすると、ソフィーは困ったように笑っていた。

「私のようではなく……あなたがしたいことをして、なりたいものになってください」

ファーレンがなりたいものがソフィーだ。

——それが全てだ。

でも、きっとソフィーはそれを望んではいない。自分がしたいことはなんだろうか。本当にドミニクさんを助けたかったのだろうか。

いや、彼を助けたかったというのは本心だ。

それが、自分の考えでなくてもソフィーならそれを願う。そして、ソフィーが願うなら、それがファーレンの願いだった。

それに……ファーレンはもう……瘴気のせいで人が死ぬのは見たくなかった……。もう、ソフィーのような……。

頭をよぎるのはソフィーの最期。そして、ふとオーウェンに言われた言葉を思い出した。

「全部を助けるってのは傲慢だ。いつか本当に大切なものがわからない。本当に大切なものを……手放すことになるぞ」

わからない……。本当に大切なものが何なのかわからない。誰かを救おうとするのは間違いなのだろうか。

ソフィーなら、どうしていただろうか。

もっと、正しいやり方があったのかもしれない。

手段を間違えたのか、目的を間違えたのか。

正しさってなんだろうか？

……わからない。本当にわからないことばかりだ。

「私はどうしたら良いのでしょうか」

ファーレンは腕に着けた銀色のブレスレットに向かって呟く。

だが、その問いかけに答えが返ってくることはない。

終業式が終わり、今日から長期休暇が始まる。俺を含め、ほとんどの生徒が実家に帰る。

久しぶりに使用人たちに会いたいな。セバスの顔も見たいし、料理長の美味しい料理も食べたい。

できればカザリーナ先生にも会いたいけど……さすがにいないよな？

「ナタリーは家に帰るのか？」

「もちろんよ……。やることがたくさんあるもの」

公爵令嬢だもんな。ていうか、改めて思うけど……公爵家の令嬢なんだよな……。すっごい偉いところの娘さんなんだよな。

色々と忙しそうだ。俺はって？　基本的に放置されている。

「もう帰るのか？」

「早く帰ってこいとお父様がうるさいから」

「そうか……。じゃあ、次会うのは始業式だな」

「ええ……元気でね」

ナタリーと別れたあと、寮に戻る。そして、まとめてあった荷物を持つ。

俺も学園を出発する。持って帰るものはほとんどないため、軽い荷物を持って馬車に乗り込む。

学園を出て王都の街並みを眺め、そして王都を出る。街道を走り、丸一日。ペッパー領に入ると一際大きな屋敷が見えてきた。俺の実家だ。

改めて見ると大きな家だ。屋敷の前に到着した。御者が門番と一言会話すると、門が開かれる。

馬車は門をくぐって敷地内に入った。……久しぶりに戻ってきた。

「おかえりなさいませ、オーウェン様」

「セバスさん……！」

家の前ではセバスが待機していた。事前に帰る日にちとおおよその時間を伝えていた。俺は馬車から降りてセバスに駆け寄る。

「元気でしたか？」

「はい……！」

久しぶりに見る彼は穏やかな表情を浮かべていた。

「馬車旅は疲れたでしょう。さあ……中へどうぞ」

セバスに案内され家の中に足を踏み入れると、

「おかえりなさいませ。オーウェン様」

「え、あ、うわっ……！」

ビックリした。ズラッと並んだ使用人たち。彼らが一斉に挨拶をしたのだ。そりゃあ……ビックリする。使用人が総出で迎えてくれているようだ。

「な、なんで……みんな？」

「皆さん、オーウェン様のお帰りを心より楽しみにしておりました」

セバスは微笑む。ああ……。この優しい人たちのところに帰ってきたんだな。大好きな人たちのところに。目頭が熱くなる。

「皆さん……お出迎えありがとうございます」

みんながこっちを見ていて少し恥ずかしい。だけど、しっかりと全員の顔を見返す。

あ……料理長もいる！　今日の料理が楽しみで仕方ない。

この人たちに認められたくて……立派な魔法使いを目指しているんだったな。みんなが幸せに暮らしていけるようにと、そう願っている。

と、ひとりひとりの顔を見ているときだ。あれ？　と違和感を感じ、

「カザリーナ先生！　どうして……ここに？」

使用人たちの中に溶け込むように――カザリーナ先生がいた。自然とそこにいたため、見逃してしまいそうだった。

カザリーナ先生は悪戯が成功した子どものような笑みをする。

「ちょっとしたサプライズです。オーウェン様」

え……めっちゃ嬉しいんだけど。カザリーナ先生には会えるとは思っていなかったから、最高のサプライズだ。

俺はカザリーナ先生のところまで走っていく。

「学園生活はどうでしたか？」

「はい。楽しかったです…………けど……」

「けど……？」

「僕は……まだまだですね」

思い出すのは……ドミニクのこと……。

「オーウェン様は1年前と比べて立派な顔をするようになりましたね」

「立派……ですか？」

「はい。ご立派になられました」

そうなのかな？　そんな気はしないけど。ちゃんと前に進めているのかな？

「僕は……魔法が何なのかわからなくなりました。何が正しい行動なのかも……」

「きっと……オーウェン様は自分なりに考えて行動されたのでしょう」

「……甘い考えです。魔法は凶器にもなるって、カザリーナ先生が教えてくれたのに……」

「やはり……あなたはご立派になられました」

カザリーナ先生は微笑んでくれた。安心する笑顔。そして、包み込まれるような優しさを含んだ笑顔。

「――――魔法とは願いです」

「願い……？　クリス先生もそう言ってましたが……」

「ふふふ。彼女にそう教えたのは私なんですよ。こうあればいいな、という想いを形にする力――それが魔法です。私は……魔法を使う者は、何を願うかが大切だと考えています。……オーウェン様は何を願っていますか？」

「僕は……身近な人たちの幸せを願っています」

ここを出るときにみんなに宣言した。みんなを幸せにすると……、その想いは今も変わらない。

ここが……この場所が俺の原点なんだ。

「それがあなたの願いなら何も問題はありません。オーウェン様の考える道を進んでください。そこにきっと……あなたの理想があります」

やっぱりカザリーナ先生はすごい。一瞬で俺の心を軽くしてくれた。……本当にすごい人だ。

「カザリーナ先生……ありがとうございます」

俺はカザリーナ先生に何度も救われてきた……。そして……また、救われてしまった。

「オーウェン様。おかえりなさい」

「ただいま——帰りました！」

あとがき

どうも、米津です。

まずは、読者の皆様、出版に協力してくださった皆様、身近で応援してくださった皆様、本当にありがとうございます。

長年の夢であった小説を出版することができました。

『悪徳領主の息子に転生!?』を『小説家になろう』に投稿し始めて半年で出版！　といった感じですが、実際はそんなラクラクサクセスストーリーではなく、5、6年くらい前から小説を書いていました。

書いているって言っても、1万字にも満たないものを書いては投稿せずに放置ってな感じです。

ただ、今回のような長編を書いたのは初めてで、もちろん出版もはじめて。

そして、書籍化の夢が実現し、ここまで書いていてよかったなと思いました。

『小説家になろう』でランキングに載って日間7位まで上ったときはとても嬉しかったです。

実は、途中で何度か『悪徳領主の息子に転生!?』を書くのをやめようと考えたときがありました。

自分の書きたいもの、表現したいものが実力不足で書ききれなく、どんな話を書けば面白いと思ってもらえるか、わかりませんでした。

それでも1章が終わるまでは毎日投稿しようと、決めて書き切りました。

そして念願だった出版が決まった後も大変！

初出版に加えタイトなスケジュールに「うおおおおおおおお」と1人で発狂していました（笑）。

まずやったことは、自分の書いた話を全話読み返して……。

こんな稚拙な文章……ほんと誰が書いたんだよ？

うん、自分で書いたんだよな。

と自己嫌悪に陥ったり、新しいエピソードを加えたり、内容を変えたり、文章を整えたり、その状態でも『小説家になろう』の方に最新話を投稿したり……と休日やお盆を、さらには有休まで使って書きました。

何はともあれ、こうして1巻を刊行し、多くの方に読んでくださる機会を得られたことに感謝しています。

色々と相談に乗ってくださった編集者様、素敵なイラストを書いてくださった児玉酉様、何より本作を手にとって読んでくださった読者の皆様、ありがとうございました。

BKブックス

悪徳領主の息子に転生!?

～楽しく魔法を学んでいたら、汚名を返上してました～

2020年11月20日　初版第一刷発行

著　者　米津（よねづ）

イラストレーター　児玉酉（こだまゆう）

発行人　大島雄司

発行所　株式会社ぶんか社

〒102-8405　東京都千代田区一番町29-6
TEL 03-3222-5125（編集部）
TEL 03-3222-5115（出版営業部）
www.bunkasha.co.jp

装　丁　AFTERGLOW

編　集　株式会社 パルプライド

印刷所　大日本印刷株式会社

ISBN978-4-8211-4573-7

Printed in Japan